C000092714

Förgätmigej för alltid

Vanessa Åsell Tsuruga

Copyright

© Vanessa Åsell Tsuruga 2020

Första utgåvan
Publicerad 8 mars, 2020
Internationella kvinnodagen

Omslag: Tomoko Hirasawa

Till en generation som inspirerade:

Du måste skriva, sa Tant Maj.

Fy sjutton vad bra, sa farmor.

När man sätter sig och skriver kommer hjälparna, sa mormor.

Stockholm, april 2008

Brudbuketten i blomlådan

Det var tisdag och det luktade kaffe. Jag var tröttare än vanligt. Helt utan ork, utpumpad. Inbjudningskorten låg i en stor hög på köksbordet. Vi hade suttit hela natten och skrivit adresser. Våra fingertoppar var guldfärgade efter att ha stämplat *Wedding* uppe i hörnen på kuverten. Med ett vattenglas i hand hade en morgonkyss blivit det sista vi gjorde. Ett möte hade kallat och snart stod jag där ensam i nattlinnet och tittade på högen med brev och orden som hängde kvar i luften.

Du postar breven, eller hur? och mitt svar Det är klart jag gör. Våra brev, med *Air Mail*-klistermärken till vänster om de flesta frimärken. Såg på högen igen, blev yr och när rummet äntligen klarnade så stannade allt upp, plötsligt men glasklart. Som om en stillbild lagts in i en långfilm. Den drog ut på tiden, längre än väntat, i en biosalong skulle folk börja skruva på sig. *Pause*, feta dubbelstreck på en bandspelare.

Det var korsdraget av en tanke som flimrade förbi som satte filmen på play igen. En tanke som återbesökt mig otaligt många gånger tidigare, men idag som en rak höger, rakt in i hjärtat. Det var både befriande och gjorde fruktansvärt ont och jag förstod att det var nu eller aldrig. Och att aldrig inte fanns. Jag hade förlorat på *knockout*. Inga fler ronder. Tolv år hade gått och jag slog numret för att berätta som det var.

Fingrarna manövrerade knapparna helt utan noter. Hjärtat dunkade och det tryckte på i tarmen tills jag tack och lov kom fram till telefonsvararen, tog ett djupt andetag och lämnade ett kort och koncist meddelande, inte många ord och Hejdå var det sista. Jag packade ihop lite kläder, fyllde en vattenflaska. Inte heller det tog någon längre tid. Sedan ringde jag det andra samtalet.

Innan jag tog steget ut från vår lägenhet lade jag en lapp mitt på matbordet, nedtyngd av en sten vi hittat på vår första date. Glöm inte att vattna, jag har sått brudbuketten i högra blomlådan. Puss jag kommer alltid att älska dig, lade jag till i blyerts. Tvekade, och skrev aldrig vad som än händer.

Jag tog ett stort steg över dörrmattan, som för respekt för morgonkyssen som skett precis där, i vår ögonhöjds medelpunkt en knapp halvtimme tidigare. Jag på tå. Tog steget ut i trapphuset, såg sopnedkastet som alltid suttit där med det fula klistermärket om att knyta ihop påsen, vred om nyckeln med ryggsäcken hängande över axeln och med breven i högerhanden. Med hjärtat utvalda medmänniskor – familj, släkt och vänner som Rosana, Selma, Mrs Hewson, Yuzuki och Clara Santos.

Taxin tog mig till Stockholms Centralstation. Det var den 26 april 2008 och den långa resan hade börjat. Eller så var det så att den just avslutats. En fortsättning, som skulle följas.

Min stora sorg var att vår sista kyss hade smakat frimärke.

Paris, hösten 1988

Tjugo år innan jag stack

Jag lade ifrån mig blyertspennan och dagboken som jag fått av mamma i tioårspresent. Min födelsedag var den 14 januari och då hade Felicia namnsdag. Därav mitt namn. Min mamma sa alltid att det var den lyckligaste dagen i sitt liv och det var precis det mitt namn betydde. Glädje, lycka. Mamma hade köpt dagboken i Istanbul. Den var inte så stor och inte så tjock och kändes som en vän som jag kunde lita på.

Jag tittade på det svenska frimärket med segelbåten och poststämpeln 5 september, 1988, och undrade hur det skulle vara att färdas på de stora haven. Som brev som inte åkte med flygfrakt. På baksidan hade Alma skrivit sin avsändaradress ovanför ett klistermärke. Ett lila hjärta.

Hej Felicia!

Hur är det i Paris? Nu har jag också fyllt tio! Jag gick till Gröna Lund med pappa och mamma, och så sov vi över i Stockholm en natt innan vi åkte hem, hos min mammas kompis som var borta på resa, så vi hade hela hennes lägenhet, den var på Söder med utsikt ut över vattnet där Finlandsbåtarna kommer. Det var fint och jättekul. Jag låg i en våningssäng och tittade ut genom fönstret ända tills jag

somnade, och jag tänkte på dig! Jag vill träffa dig oftare!
Kan ni inte flytta hem till Sverige någon gång? Snälla!

Jag har något viktigt att berätta: Vi har fått brev, och det är
på spanska tror jag! Jag bad mamma fotokopiera på jobbet.
Kolla när du läst klart mitt brev. Jag hittade en fin plåtburk
för en femma på en bakluckeloppis och där har jag lagt
brevet. Jag har lärt mig en ny sak på spanska: Amigas para
siempre. Vänner för evigt.

Puss och kram från Alma.

PS Jag saknar dig mer än du kan tro! Kom hem snart!
Lova, snälla, tack, kramar!

Jag vecklade upp det handskrivna brevet från Clara
Santos som låg hopvikt två gånger med en prydlig marginal
på alla fyra sidor. Almas mamma var en fena på att
fotokopiera. Jag ville också bli bra på det. Jag hängde upp
det på väggen så att jag kunde se det varje dag när jag satt
vid skrivbordet och gjorde läxorna. Vårt första brev!

Queridas Alma y Felicia, det förstod jag, hej kära ni. Men
sedan blev det snabbt krångligare. Sanningen var den att jag
behövde hjälp. Klockan var fyra. Jag fick på mig ett par skor
och sprang ner på torget bakom vårt hus där en spanjorska
brukade rasta sina hundar på eftermiddagen innan hon
slank in på mataffären. Vi hade hejat alla år jag bott i Paris
och hon visste att jag hette Felicia, gick på internationella
skolan och att min mamma jobbade på ambassaden.

Hade jag turen med mig så skulle hon kanske komma
förbi. Jag tog med mig geografiläxan, satte mig på bänken

och väntade. Jag hann läsa kapitlet om Victoriasjön tre gånger och kunde det nästan utantill då hon kom gående med sina tre hundar. Hon sken upp när hon såg mig. Jag klappade hundarna som hoppade och nafsade glatt i byxbenen.

"*Excusez-moi, pouvez-vous m'aider?*" frågade jag.

Vi slog oss ned på en bänk under en platan. Med brevet i hand började Señora Pilar översätta till franska.

"Tänk om alla fortsatte drömma så som de gjorde som barn! Det är första gången i mitt liv som jag får skriva brev till någon jag inte känner. Ändå tror jag vi redan är vänner för livet. Jag hoppas vi kan träffas på riktigt så vi kan drömma vidare tillsammans! Kom och hälsa på mig så ska jag berätta allt. Tills dess så skickar jag er mina varmaste kramar. Gud välsigne er. Er vän Clara Santos."

Efter Gud som haver samma kväll låg jag i sängen och tittade upp i det mörka taket. Mina drömmar tog sats och flög iväg i en båge från huvudkudden i Paris till Santiago de Cuba.

*　*　*

Det var på sommarlovet innan jag började fyran som jag och Alma hittade på det där med pärmen. Det var sommar-OS 1988 och vi satt klistrade framför TV:n och såg Ben Johnson både få och lämna ifrån sig 100-meters guldet i Seoul. Jag var arg, som så många andra.

Hur kunde han?

Jag kände mig lurad. Sommarlovet tog slut och jag åkte hem till Paris till årskurs fyra. Jag började sakna Alma redan innan vi sa hejdå. Somrarna med Alma i Hälsingland var något så underbart att jag aldrig ville att det skulle ta slut. Någonsin.

Likt den fallne Ben Johnson hade pärmen inte låtit vänta på sig i startblocken. På knappa tre månader hade den med olika färdmedel förflyttat sig ända till Kuba. Det var en tom pärm med en massa tomma plastfickor. Den var vår biljett runt jorden eftersom vi var för små att göra resan själva. Jag var tio och Alma var nio och vi var proppfulla av drömmar. Så som man var i den åldern. Vi ville så mycket.

Vi hade försökt att bygga en ubåt i Almas pappas snickarbod, men den tog in för mycket vatten förstås. Vi jagade kråkor med hemmagjorda pilbågar. Vi samlade in pengar till svältande barn i Etiopien och skickade fyra tiolappar och fyra enkronor till Rädda Barnen i ett kuvert. Vi satte upp planscher på Tom Cruise i pusshöjd och skrev brev till politiker som ville lägga ner Inlandsbanan. Vi bakade bullar och sålde utmed elljusspåret, startade egna tidningar och plockade fina blombuketter till försäljning intill kyrkogården. Vi var lyckligt lottade med framtiden i våra händer och alltid nära till drömmarna. Pärmen var vår hemlighet. I alla böcker hade de hemliga ord för hemliga saker så den fick kodnamnet Columbus. I den hemliga Columbus hade vi lagt varsitt hemligt brev, så hemliga att vi inte ens berättat för varandra vad vi skrivit.

Redan under hösten 1988 började breven komma in från fler människor vi aldrig träffat. Det gjorde mig alltid gott att få en hälsning från Alma för den internationella skolan jag gick på tog på krafterna från morgon till kväll. Ett knallgult brev fick mig på bättre humör samma dag jag fått tillbaka ett matteprov jag inte var nöjd med. Jag hade fått B+. I min värld var det ljusår från det A- jag hade kämpat för men i själva verket var det ett litet slarvfel som ställt till det.

Alma berättade i lila tuschpenna med blandade stora och små bokstäver att ännu ett vykort anlänt från Yolanda Hewson i New York. En gammal ambassadörsfru som gick på opera så ofta hon kunde och med en bekantskapskrets av beresta människor som varit stationerade på all världens platser. På det svartvita fotot hon skickat med stod det att hon var i sjuttioårsåldern. Hon satt på en veranda och växterna hängde från taket.

Det var snart Halloween och mamma hade pyntat med pumpor utanför ytterdörren. På kvällen satte jag mig ned med min bästa kulspetspenna, en som gled över papperet som om den var gjord av ord, brevpapper jag fått av min granne i födelsedagspresent och som jag sparat till människor jag älskade lite extra, och höstens första kopp varm choklad. Ett brev skulle till Clara Santos i Santiago de Cuba och ett skulle till Mrs Hewson i New York.

Jag skrev och berättade om hur jag och Alma hade lärt känna varandra sommaren innan vi började ettan, nere vid sjön intill vår gård i Hälsingland. Jag hade suttit ensam och fiskat med radion som sällskap för jag hade inga kompisar där än, och så hade hon kommit med en skål jordgubbar och sagt Hej jag heter Alma vad heter du? Jag berättade om Sverige och om platserna jag bott på: Buenos Aires, Maputo, Stockholm, Beirut, Paris.

Jag slickade igen ett *Air Mail*-kuvert i tunt papper med blå och röda lutande streck utmed kanten. Från Paris, västerut mot Amerika och Kuba. Jag ville också resa! Tänk om jag kunde få förvandlas till ett brev och slängas in i *Poste*-lådan vid bageriet, hämtas av en brevbärare, skickas iväg och dunsa ner i en brevlåda på andra sidan jorden! Som ett brev ville jag också vara full av bokstäver som bildade någon sorts mening med livet.

Någon gång under nyår då 1991 blev 1992 ringde Alma och berättade att ännu ett brev anlänt. Denna gång från Barcelona. Där Gaudís mästerverk kantade gatorna och La Sagrada Familia sträckte sig upp mot skyn, lät manikyren på sina tornspetsar gnistra i solskenet. En stad som gjorde sig i ordning inför Olympiska spel. Från solens rike kom ännu ett brev. Columbus hade verkligen tagit sig runt. Vi fick kontakt med människor i Grekland, Mongoliet, Argentina.

Vår värld växte.

Arlanda, 16 december 1996

18 år gammal och på väg hem

Att vara framme. Hemma, typ. Ett av mina hem. Vänskapen, den var också ett hem. Som jag älskade. Som jag trivdes i.

Det klickade till i alla raders säkerhetsbälten och alla ville ut, snabbt, bums på direkten. En bråttomsjukans epidemi hade brutit ut efter ett par timmar på flyget. Ingen skonades, alla blev smittade och insjuknade omedelbart. Alla ville ut, ville hem, ekade det i tystnaden.

Dagstidningar med kyliga väderprognoser i stolsryggarna.

December och så här tätt inpå jul, vad kunde man annars vänta sig?

Inte hade väl världen förändrats så mycket de sista århundraden, och inte heller under mina arton jordsnurr?

Vi hann knappt ut ur planet förrän mobiltelefonernas ON-knappar inbjöd till ett mobiloperatörernas Melodikryss. Ett Absolut Arlanda soundtrack, tripp trapp nedför trappan. Tjuvlyssnade på korta beskrivningar om de urhäftiga julskyltningarna och gatubelysningarna i London. Shoppingen på Harrods, afternoon tea på Fortnum & Mason och så promenaden i Hyde Park. Buckingham Palace och drottningen någon trott sig sett i fönstret. Det lät för bra för att vara sant. Väskor rullade över skarvarna som höll ihop stenplattorna, det rasslade till lite i hjulen. Frågor om mötet, om hur barnen mådde och om pappa var på parkeringen.

Släng era tårgasburkar! Sista chansen!

En spänstig tjej med vader som uppochnedvända bowlingkäglor och åtsittande blå väst for förbi på sin sparkcykel. Mannen i högtalaren lät snäll och varnade för farliga väskor. Förbi passkontrollen, och som Göta Kanals båtar slussades vi ut till världen utanför. Sverige hette den. Du min fina fjällhöga nord. Men jag ville leva jag ville bo i världen.

Väskor snurrade på bandet, det muttrades bland resenärer som fick vänta längre än andra. Någon var arg på att bagagevagnarna inte var gratis. Det luktade bråttom. Ut och hem, till jobbet, till datorn, till skrivaren, till mötet, till barnen och så bagagevagnsrally förbi toaletterna, ingenting att deklarera. Min väska kom först ut, och det hände definitivt aldrig. Men idag hände det. Plötsligt, som allt som hände. Plötsligt. Den här resan började bra!

De glädjegnistor som sprakade loss den tusendels sekund då våra bruna och blå ögon möttes skulle kunna ha fjuttat eld på en majbrasa. Som så många gånger när jag anlänt till Arlanda möttes jag av ett leende som inte fanns på färgskalan, ett glädjeskrik bortom absolut gehör. Klädd i en lång kappa och brokig halsduk som hängde över axlarna stod hon där med heliumballonger och tulpaner i hand.

Tulpaner i december. Jag älskade henne. Alma. Min vän Alma.

"Feliiiiiiiiiciaaaaaaaaaaaaaa!" ropade hon och snitslade sig fram mellan bagagevagnarna, ställde sig mitt i vägen för bråttommänniskorna som var på väg ut och kramade om mig så som bara Alma kunde.

Hon hade lärt sig en hel del knep av en amerikan vars visitkort angivit att han var Certified Hugging Instructor, anställd av The Ministry of Love & Affairs. Han hade haft vägarna förbi Uppsala en sommar och sålt sin kramkompetens på Vaksala torg för femtio kronor. Alma som varit på väg hem från en kusins studentskiva förhandlade ner priset till en kopp kaffe och tycke hade uppstått. Allt som hade börjat med en stor, oförglömlig kram hade avslutats på exakt samma sätt på perrongen tre timmar senare, då deras vägar skildes och han for vidare mot Umeå. Den kaffekoppen hade varit en osedvanligt bra investering.

Jag kände varenda glädjenerv ta armkrok med alla andra glädjenerver, det dansades hambo, salsa, det var jitterbugg i alla lemmar. Det blev sådan turbulens i kroppen att jag släppte mig. Det sved till i ögonvrån, tårarna kom blygt men bestämt.

De reserverade ignorerade oss helt och hållet. Andra smygtittade, dolde sina salta tårar genom att rätta till glasögonen eller klia sig lite i ögonvrån. En rödhårig kvinna i knallgul kappa sökte ögonkontakt och log öppet. Hon hade två dalmatiner med stora rosetter runt halsen. De satt lugnt och väntade men så fort de fick vittring på kärlek hoppade de upp och började febrilt vifta på svansen. Fjärilslätta leenden spreds bland alla på betonggolvet.

Detta virrvarrets hejande och *Q&A* flödade ända ut mot parkeringen. Almas förfrågan till parkeringsvakterna om att ha överseende eftersom hon var en barskrapad student som just tagit körkort hade fungerat. Lappen satt kvar, men Ahlgrens bilar var borta.

"*Yes*", skrek Alma. "*Say yes to yes!*"

Precis som förr, som alltid, som hon alltid skulle vara. En K-märkt individ. Leenden i överflöd, komplimanger som en soufflé, alltid visa ord, vissa ord, på tungspetsen. Känslornas och vänskapens vaktmästare.

Vi skrattade så att vi fick magknip när vi försökte pula in mina väskor i den lilla Golfen. Att hon borde ha lämnat gitarren hemma, pantat backen med mustflaskor, och gjort sig av med en låda pussel som hon hämtat hos sina småsyskon Hugo och Eulalia som blivit för stora för sådant tjafs hade undgått henne helt och hållet. Ett äldre par som parkerade bredvid och undrade hur det gick kunde inte stå emot hennes charm och vips så hade vi ett löfte om att de skulle ta med pusslet till kyrkans barntimmar där damen var volontär en gång i månaden.

Arlandas ilskna snålblåst. Vassa snöflingor som yrde i den kalla luften sögs in i värmande näsborrar. Det kittlade till och så försvann de för alltid. Kyliga moln smet iväg i varje andetag men i hjärtat puttrade ett långkok på konstant sparlåga. Som alltid när vi träffades blir vi ett utan att passera Gå. Inget knussel. Hon bar med sig hemliga byrålådor där hon vek ihop och sorterade vad mina lärare hette, vad jag gjorde när jag var ledig en söndag. Hon visste vad jag åt till frukost, hur jag kom till skolan, vad jag lärde mig i historiekursen. Frånvarons närvaro var Almas trumfkort.

Räfflor i asfalten, bilar som höll hastighetsbegränsningen och taxi som körde om. Svensk reklam, svenska vidder, svenskt Sverige. Varje gång jag kom hit förundrades jag över detta land. Jag var en svensk främling på besök hemma. Hemma bra men borta mest, utropade ett yes varje gång jag lyckades komma på en kompis som bodde i varje stad på CNN:s väderkarta. Så blev det när man hade vänner från många olika förskolor och skolor i Buenos Aires, Maputo, Stockholm, Beirut och Paris.

Det tysta, glädjerika sköna som svischade förbi. Shopping med billiga Levi's jeans och tusentals parkeringsplatser. Sverige. Mackar med Kexchoklad och porr på översta hyllan, Absolut samlingsskivor till lågpris och videofilmer till uthyrning. Korv och bröd, en påse godis. JC på annonstavlor och GB-glassar som gick upp några kronor varje år.

Varför måste de göra det?

Mitt land, du hälsade mig vänaste.

"Det är så roligt att du är här, och på vintern", sa Alma glatt. "Vi måste ut och åka spark, vår bostadsrättsförening har köpt in några som man kan använda! Och så kör vi rally på Djursholmsvägen!"

Jag satt i framsätet, omsvept i en omtöcknad picknickfilt med tallbarr som fastnat i väven. Det lyste till i vindrutetorkarnas båge varje gång vi fick möte. Jag lade märke till svenska registreringsskyltar. Tre bokstäver, tre siffror. Just det, jag var i Sverige. Inget var så bekant som tre bokstäver och tre siffror. Jag var arton och om ungefär ett halvår skulle jag ta studenten i London och Alma på marina läroverket i Stocksund utanför Stockholm. Och sedan det där stora steget som alla pratade om. Kändes mer som ett fallskärmshopp, helt och hållet utan livlina. Ja, det var livet det. Hoppet.

* * *

Jag var hemma i Sverige för att fira jul. Det var 1996 och min första jul som myndig. Det var första gången hemma i jultider på många många år för världen var så stor så stor, det fanns så mycket att välja på. Mina föräldrar hade rest mycket tillsammans sedan de delat bord på ett café i Lima när de var 23. Mamma var nyexaminerad diplomat och pappa hängde med och njöt av tillvaron med sin forskning på universitet i Washington DC, New Delhi, Casablanca och Buenos Aires. Det var där jag blev till, och föddes. I Buenos Aires. Och just för att världen var så stor så var det ofta till nya platser kosan styrde när det var jul.

Alltid i mitten av oktober satte vi oss ned med varsitt förslag på resmål dit vi ville åka på jullovet. Min lilla familj:

Mamma, pappa och jag. Sedan poängsatte vi dem ett, två, eller tre. Hälsingland blev årets obestridliga segrare med full pott på nio poäng, långt över både Dublin och Wien. Wienervalsen hade inte känts så jag och Dublin låg för nära London för att locka mig. Som alltid inför kommande resor hade pappa några dagar senare kommit hem med tygpåsen full efter en heldag hos sina vänner i än den ena än den andra bokhandeln i London. Där började alltid vår resa, tillsammans, med böcker, genom ord som fastnat på ibland gulnade sidor i romaner, faktaböcker, biografier, i poesin och i illustrerade historieböcker. Jag funderade ofta på hur många böcker det fanns i världen.

Hur många ord?

Vad var meningen med alla ord?

Var det just att hitta meningar?

Med livet. Livets meningar.

Pappa förde noga anteckningar, klippte och klistrade. En vacker dag för många många år sedan i Casablanca erbjöd pappas goda vän honom ett helt lager dagböcker som han tacksamt tagit emot. Inför resan till Hälsingland nallade han ännu en dagbok som blev nummer 32 i raden. Varje resa en ny bok, en unik berättelse, en färgglad kavalkad av streck och prickar på kartor han klistrat in, kvitton, biljetter och fotografier.

Likt livet självt handlade resor om att fylla på i hjärnbalken och i hjärtat, det sa alltid pappa. En del saker som hände när vi var ute och reste hade ingen eller bara mindre betydelse. De kom emot mig som vågor på en strand utan att nå tårna. Ibland registrerade jag dem inte ens som minnen. Men ibland skedde något som likt en överrumplande tsunami svepte bort mig så pass att det tog dagar innan jag återfann fotfästet och balansen.

Som den där kvällen i Egypten. Vi hade varit i Alexandria och bott på Windsor Palace Hotel utmed strandpromenaden, flugit till Luxor, tagit tåget till Aswan, och åkt en gryningsbuss till Abu Simbel. Det var en underbar resa, jag ville aldrig att den skulle ta slut.

Vi var i Giza där pyramiderna fanns. Mamma var ute och handlade frukost och jag var hemma ensam i lägenheten vi lånat av en familjevän. Mörkret hade lagt sig och jag satt på takterrassen med pyramiderna i full vy. På det lilla bordet stod ett glas egyptiskt te. Blyertspennan dansade fram över dagboksbladen. Orden sprutade. Pappa kom hem. Jag var tretton och han visade sina teckningar som jag visste att han gjort sittandes på den hopfällbara pallen som alltid hängde på ryggsäcken. Då kom den där kommentaren, i förbifarten, inget illa menat men laddad med sanning.

Pappa sa:

Jag vill ha med mig den här pallen när det beger sig.

Och jag förstod inte riktigt. Så han lade sin hand på min och förtydligade det han just sagt:

När jag dör, då vill jag ha med mig pallen till himlen.

* * *

Hälsingland hade röstats fram över Dublin och Wien och året var 1996. Pappa levde fortfarande, trots att det var givet att han en dag skulle dö och att pallen skulle hänga med.

Jag satte mig med dagboken och försökte beskriva tankarna som surrade i huvudet. Det var spännande att vara på väg hem till en julstämning vi inte riktigt visste receptet på. Ord var något jag älskade över allt annat. Det var något obegränsat som man delade med sig av. Ett pyssel, ett pussel.

Alma skänkte mig glädje året runt. Telefonsamtal med vårens uppdateringar om fågelboet på balkongen i Näsby Allé och tjocka brev med pressade färggranna höstlöv. Hennes varma gester, det lilla stora, klöv hundratals långa mil till många korta millimeter. Vilken lyx att nu få en fysisk närvaro från morgon till kväll flera dagar i sträck tillsammans i hennes lägenhet.

"När drar du upp?" frågade jag.

"Jag måste skriva på ett arbete som ska vara inne i januari så det blir nog dagen innan julafton skulle jag tro. Och du?"

"Jag åker upp den tjugonde, vad blir det, om fyra dagar? Jag tar tåget till Bollnäs."

"Och när kommer dina föräldrar?" frågade Alma och körde om en BMW.

"De hyr en bil på Arlanda och kör direkt den 22:a. Mamma har bett mig värma upp och pynta lite. Ska bli så roligt att vara där en vinter och fira jul där allihopa!"

Att vi redan var arton år gamla. Myndiga småtjejer. Vuxna, som kunde göra som vi ville. Få egna bankkort och viktiga brev hem i brevlådan. Börja tänka på jobb och pension.

Kylan utmed Djursholmsvägen tog blixtsnabbt tag om oss när vi öppnade bildörrarna. Vi tog ett djupt andetag och skyndade mot porten där jag slog in koden. Vi gick upp för trapporna till Almas lägenhet på tredje våningen. Ett knappt år hade gått sedan hon flyttade in. Den blev tom när Almas farmor Anna-Karin dog och istället för att sälja den bestämde de alla att Alma skulle ta över den. Hon var bara sjutton men det låg så praktiskt och nära till Roslagsbanan och familjehemmet på Näsby slotts ägor rakt över gatan att det kändes som en perfekt lösning för alla. De ville inte att lägenheten skulle gå dem ur händerna.

Trapphuset med ljusgrå färg med konfettiflingor i blåa och gula kaskader. Glöggdoften. Sopnedkastet. Knyt ihop soporna. Mattan framför hennes dörr där det stod *Stay away if you're not nice*. Den handskrivna skylten Här bor Alma som får ryggskott av all reklam. *Save the trees!*

Alma satte nyckeln i låset och vred om. Det klingade i taket när vinterjackorna touchade bjällrorna som hängde på ett rött band. Lägenheten doftade Alma. Jag tog av mig skorna och satte på mig tofflorna som hon hade rotat fram. Mina tofflor från Bangladesh som hon hittat på Stadsmissionen på Odenplan.

I hallen låg en rund matta, den var från Almas mormor, det visste jag. På det lilla bordet stod den enkla röda vasen jag gett henne för några år sedan. Från Ecuador. Två tulpaner trivdes, de hängde mot spegeln som tonåringar när de sminkade sig. Så som vi hade stått, för några år sedan. Och än idag när tillfället bjöds. Fast det var inte så ofta som man skulle vilja.

I köket till vänster stod adventsljusstaken och brann i fönstret. Murgrönan slingrade sig upp mot taket, över fönstret och ned på andra sidan igen. Ett matbord med fyra icke matchande stolar. Hyacinten. Silkespapper, saxar, klister, bokmärken, tuschpennor och kuvert låg spridda som pyssel på fritids. Hennes sovrum rymde inte mer än sängen, för det var ju ett rum att bara sova i.

"Och älska," fnissade Alma. "Man ska älska sitt sovrum."

Den lilla toaletten, inte större än på en Boeing 747. Duschdraperiet med Jag är vacker på en massa språk. Tandborstarna lutade sig mot varandra, de kysstes i glaset. Ett blått stearinljus på hyllan, lite utbrunnet, bredvid några små parfymflaskor från en utlandsresa.

Inne i vardagsrummet hängde breda sidentyger från taket. Det hade blivit kuddboende av det som varit vardagsrum, tv:n var utflugen och Kalaha på ett lågt bort i hörnet hade intagit dess plats.

"Jag vill att det ska bli en riktig gemytlig spelhåla av det här. Mina kompisar ska komma hit, sitta som pseudohippisar med benen i kors, tända rökelse och spela Trivial Pursuit. Vad tror du om det?"

Här kände jag mig som hemma. Mer hos Alma än någon annanstans i världen. En hemkänsla utan like.

Vad var egentligen hem-ligheten?

Spontanitet, vilja. Gränslösa drömmar svävade alltid i hennes sfär. Det var smittsamt, för de som vågade och ville drömma.

Hon hade förmågan att alltid sätta pricken över i. Som en pil, mitt i prick. Hon hittade små unika ting att dela med sig av. Oliver, hummus, en röra med soltorkade tomater, en röst i natten, ett vykort i brevlådan. Det var knappt sex månader sedan vi träffats i London på sommarlovet och åkt på cykelsemester i Wales. Så mycket hade hänt sedan dess. Frågor, mycket frågor. Orden färdades på olika verbformer, som farkoster mellan då, nu och sen.

"Undrar var columbuspärmen håller hus. Jag vägrar tro att någon slarvat bort den, jag känner på mig att den kommer tillbaka", sa Alma bergsäkert. "Åtta år har gått, det är ju ett tag sedan…"

"Hur långt kan vi spåra den?"

Alma gick mot fönstret, tog försiktigt bort sin farmors virkade duk som hängde över luckan på ett litet skåp som luggen på en ettagluttare. Hon öppnade och tog fram plåtlådan från bakluckeloppisen. Den hon skrivit om i brevet för flera flera år sedan och som kostat henne fem kronor. Rött och rosa i grälla färger, med små sexkantiga speglar med ramar av guldtråd. Lilla julafton. En lapp satt fastklistrad på insidan av locket:

Köpt 1988. I den här lådan ska vi samla alla brev som kommer från Columbus.

Vi tömde hela lådan och läste högt, ett brev i taget.

"På sätt och vis vill jag inte börja gräva i det hela, för kommer den tillbaka så kommer den. *Que será, será* liksom. Din familj är ju nomader så det är tur att vi skrev min pappas adress på sista sidan, för han är ju lika fast rotad här i krokarna som en gammal fura i Norrland. Så den som fyllt i sista plastfickan kommer skicka pärmen hem till pappa. Trust me."

"Och vi lovade ju att bistå med vartenda öre för porto. Fast det kanske blir typ DHL," sa jag.

Det låg i min natur att vara mer betänksam, så helt naturligt var Alma mer övertygad än jag att vi skulle få återse pärmen. Om Alma var den som vevade ned rutan var jag den som vevade upp den i väntan på att luftkonditioneringen skulle sätta igång.

"Ska vi dra ut och resa i sommar? Jag tar ett år ledigt, jag har tänkt på det faktiskt. *One life, live it.*"

"Okej, vi gör en deal," sa Alma och såg diplomatisk ut, som mamma när hon berättade om möten med all världens människor som Sveriges ambassadör.

Något började gro inom mig.

"Du tar studenten i London och jag blir klar på marina läroverket i sommar. Vi åker och hälsar på de som känner till pärmen. Vi bara drar", sa Alma.

"Oh la la, tänk dig det, vilken jättegrej. Jag kontaktar universiteten jag har sökt till och säger tack men nej tack."

"Klart att du kommer in. De kommer stå på rad och dra i dig allihopa, skrika *We want Felicia, we want Felicia* med stora plakat om stipendier och fördelaktiga lån!"

Det var då det slog mig: Jag skulle bli först i familjen Äng med att ta ett sabbatsår! Pionjär. Skandal, skulle det tyckas… I vår familj studerade man på fina universitet och sedan skaffade man sig ett trevligt jobb på en myndighet eller institution med en anrik, tung, klang någonstans i hufvudstaden. Utrikesdepartementet. Försvarsmakten. Svenska Institutet. Etcetera.

"Mamma och pappa kanske inte blir superglada men jag får väl förklara varför."

"En dag kommer de förstå, men det kanske tar ett tag."

Som ett fönster öppet på vid gavel med en fläktande höstig vind mot ansiktet, så kändes det att prata om framtiden med Alma.

"Vi gör en dokumentär och skickar till Discovery!"

"Vi tummar på det här och nu", sa Alma.

Alma hämtade en stämpeldyna i skåpet där lådan från bakluckeloppisen förvarats. En i taget tryckte vi ned tummarna så att bläcket bubblade till i kanterna, gnuggade dem mot varandra intensivt och länge, och så lämnade vi varsitt fingeravtryck på ett gammalt oskrivet julkort. Alma skrev sin egen adress och bad mig gå till posten imorgon för att skicka iväg det.

"För då får vi en datumstämpel på det här", sa hon pillemariskt. "Jag kan inte riktigt förklara varför, men det känns som att det kommer vara bra att ha den där datumstämpeln. Och det är ju alltid roligt att få brev, speciellt när man minst anar det!"

* * *

God morgon Sverige. Jag vaknade sent, klockan hade hunnit bli tio. Jag reste mig upp från madrassen på golvet och läste lappen från Alma.

God morgon, ville inte väcka dig, jag måste skriva lite på arbetet som ska vara inne efter jul. Finns te och mackor. Vi ses vid fyra. Längtar! Kram tills vi ses! Snart, yippie! A.

Jag skruvade upp radion och hörde att SMHI varnade för blixthalka. Det hade frusit på under natten och höll på att bli ännu kallare. Sjukhusen var överbelastade med benbrott. Termometern visade -13 grader och där ute i det kalla hördes det dova ljudet från bommarna när tåget saktade in och stannade till på Näsby Allé station utanför köksfönstret. Soundtracket som hörde hemma här var tjugonde minut. Det klippte till i brevinkastet när brevbäraren släppte taget om kampanjmaterial från Rädda Barnen, Amnesty och Greenpeace, ett vykort från Azorerna och ett brev från Tyskland av poststämpeln att döma.

Telefonsvararen på pallen i hallen blinkade. Brunos norrländska röst berättade att en avi adresserad till Alma Lindgren och Felicia Fanny Äng, C/O Bruno Lindgren anlänt hem till honom. Shit pommes frites tänkte jag och snörade på mig kängorna, satte på mig dunjackan och sprang ned två trappsteg i taget med Brunos goda råd att ta det försiktigt.

Felicia det är snorhalt ute. Var försiktig.

Vi möttes i en rejäl och ärlig kram ute på parkeringsplatsen utmed Djursholmsvägen, rakt över gatan från Almas lägenhet.

"Vi går in och värmer oss lite! Vad härligt att se dig, vad fin du är!"

Bruno bjöd på julte och lussebullar inne i det lilla grindhuset vid vägen som ledde in till Näsby Slott. Han hade drivit cafét ända sedan förra ägaren, som sålt gamla mynt och frimärken, flyttat till ett hem för Alzheimersjuka i närheten. Det var femton år sedan. På väggarna hängde Brunos fotografier och på golvet stod fyra mindre bord, en kökssoffa och stolar med kuddar i olika mönster från Röda Korsets butik i Näsbypark. Kylan trängde på. Bruno flyttade värmeelementet närmare mina fötter och pekade mot en korg med filtar om jag fortfarande kände mig frusen. Jag sträckte mig och lade en filt över mina axlar men greps obarmhärtigt av kylan i den första bilden i Brunos nya serie om uteliggare.

"*Inte synd, tyck om* kallar jag den. Den visas på Grillska huset i Gamla Stan just nu och en gallerist i Frankfurt har visat intresse."

Bruno sprang ut i köket. Han verkade så glad. På assietten med järnek utmed kanten låg en lussebulle formad som en filmrulle. Det sa klick. Jag älskade att sitta här på Brunos café. Här blev man en del av ett positivt kretslopp, det var svårt att sätta fingret på vad det var. Som en kokong. Här inne skulle drömmar snart bli fjärilar och flyga iväg. Bara att få sitta här och skriva, mina egna ord, ett i taget, precis som jag ville, gav mig en känsla av... *happy happiness*. Ett surr i magen, en värme i kroppen.

"Här är en julklapp till dig! Alma ska få en likadan, har jag tänkt mig. Jag kallar den för Amistad, vänskap. En gång läste jag en bok om en liten katamaran som färdades från hamn till hamn världen över, och den hette Amistad. Boken handlade om all vänskap som slagit rot i hamnstäder. Jag har alltid gillat ordet *amistad*. Och så tycker jag det passar dig och Alma, ni är ju vänner för livet. Ni är varandras hamn, kommer alltid vara det."

Vi var varandras hamn, och skulle alltid vara det. Jag kunde inte ha sagt det bättre själv. Tack Bruno, för allt du förstod. Ajaj kapten!

* * *

"Hej ett frimärke tack. Inrikes, tack."

Kassörskan tittade på adressen och såg på mig frågande.

"Det ska minsann inte långt. Jag bor där i krokarna jag och promenerar hit till jobbet på blotta sju minuter med broddarna på. Du vill inte spara några kronor och gå med det dit? Säkert går det snabbare än nu i jultider när alla julkort kommer in också!"

Jag skakade på huvudet.

"Nej tack, det går bra tack."

"Du som är så pigg och ung, ska du verkligen inte ta en liten promenad så det kommer fram innan julafton?"

"Nej men det är verkligen bra tack. Min kompis vill få ett brev. Hur lång tid tar det innan det kommer fram?" frågade jag.

"Ja ett par dagar egentligen men så här i jultider vet man aldrig. Och varje gång brevbärarna kommer tillbaka med sin fångst ber jag dem att vara extra försiktiga, det är så djävulskt halt ute, och förlåt att jag svär. Vi har inte råd att mista någon nu. Det hinner fram till julafton om du har riktig tur men man vet aldrig. Är det verkligen helt säkert att du vill skicka det?"

"Ja tack, jag är säker. Och så har jag den här avin."

Det tog henne ett tag att hitta paketet. Det tätnade till bakom mig i kön. Kunder som inte hade en endaste minut till övers blev otåliga och suckade. Damen fattade vinken och ropade Cecilia till kassan, Cecilia till kassan tack.

"Här har du lilla vän".

Hon hade svettpärlor i pannan.

"Har du sett vilka vackra frimärken? Men vet du vad, det sägs att japanerna är försiktiga med fina frimärken för ibland stjäls de tydligen på vägen, det har jag läst på internet. Hur skulle man kunna stjäla ett brev?"

"Tusen tack", sa jag och tittade på avsändaren. Det kom verkligen från Japan.

Damen i mataffären hade haft rätt. Sju minuter var ungefär vad det tog att promenera utmed Djursholmsvägen hem till Alma. Jag slog in koden men missade både första och andra gången. Mina handflator var fuktiga och det var inte från värmen i lovikkavantarna. Jag var nervös, pirrig, exalterad. Jag var det man var när alla nerver kör off road med gasen i botten samtidigt.

Jag satte nyckeln i låset och vred om. Det klingade i taket när jackan touchade bjällrorna som hängde på ett rött band. Lägenheten doftade Alma. Jag tog av mig skorna och satte på mig tofflorna. Mina tofflor från Bangladesh.

Jag hällde i ett stort glas vatten och svepte det. Sedan makade jag på julpysslet och tomtenissarna och lade paketet på köksbordet.

Tankarna flög kors och tvärs över jordklotet när jag med händerna kupade runt en kopp varm choklad började tänka på vad jag hade hämtat på posten och vad det kanske betydde. Jag hade gjort två inköp i Näsbypark Centrum: *Bonniers världsatlas* och en resejournal där jag fyllt i raden under *Tillhör:* med *Alma Lindgren och Felicia Fanny Äng*. Den blå timman bjöd in till en intim tryckare i myspyset. Inom kort skulle tågbommarnas långsamma bugande betyda att världens finaste människa snart kom springandes uppför trappen. Sedan skulle vi ohämmat börja planera framtiden.

Det var kolsvart när Alma kom hem. Det klingade i bjällrorna. Hon hängde av sig kappan, kom in röd om kinderna och satte sig bredvid mig på golvet. Jag hade gjort varma smörgåsar och te som jag serverade på en Jobsbricka Alma fått i konfirmationspresent.

"Titta där," sa jag, och pekade på paketet. "Du hade rätt. Pärmen är tillbaka."

Grannarna i våningen under hörde nog när Alma tappade hakan i golvet.

Vi öppnade det vadderade kuvertet tillsammans, långsamt. Frimärken med solfjädrar, småfåglar och vackra tecken. Julen nalkades men detta var inte att jämföra med.

Det här var extas, som förspelet till en bröllopsnatt. I en ljusblå tygpåse låg den, inlindad i silkespapper som satt ihop med små guldstjärnor.

Pärmen vi lämnat på en bänk på Jontas Kiosk & Grill utmed Edsbyvägen i Hälsingland hade hittat tillbaka till oss. Lite tilltuktad, som vem som helst efter många många år på resande fot. Lite som en övervintrad hippie. Hur såg Columbus ut månntro, då han välkomnades tillbaka på Plaça del Rei i Barcelona av kung Fernando och drottning Isabel efter att han funnit en ny värld på andra sidan Atlanten?

Vi hoppade upp i soffan, öppnade pärmen och lät första plastfickan med min gungande skrivstil dansa in i våra ögon.

Hej!

Vi heter Alma och Felicia och vi har startat en hemlig kompisklubb som vi vill att du ska vara med i. Vi ska snart börja fjärde klass. Hur gammal är du?

Vi tänkte att den här pärmen skulle kunna åka med dig dit du är på väg. Vi vill samla historier från hela världen. Vad vill du berätta för oss? Ta en plastficka och skriv ditt namn

på etiketten. Lägg i allt du känner för! När du är klar så
tryck till fliken så att allt hålls på plats.

Vi lovar att höra av oss när pärmen kommer tillbaka till oss
en vacker dag. Välkommen in i vår hemliga klubb. Vi
hoppas vi ses!

Med vänliga hälsningar,

Alma Lindgren och Felicia Fanny Äng

Vi log mot varandra och så läste vi den engelska
översättningen och sedan tog jag över på de något
förenklade versionerna av originaltexten på spanska, franska,
och portugisiska. Jag blev blöt i ögat att jag tappat så mycket
av portugisiskan under de snudd på femton år som gått
sedan vi lämnat Maputo.

"Känns som ett FN möte", fnissade Alma. "Fast utan
snäckan i örat och de monotona simultantolkarna."

I andra plastfickan låg två brev, ett från mig till Alma och
ett från Alma till mig. *Felicia: Öppna efter att jag är död* stod det i
stora fast små bokstäver, skrivna med en röd spritpenna. På
baksidan hade Alma skrivit sitt namn och satt på ett
klistermärke.

"Oj det var klara besked", skrattade jag. "Tack och lov
lever du fortfarande så jag behöver inte öppna det idag,
puh!"

"Hur vill du göra med ditt brev? Ska jag läsa det?"

"Men då vill jag att du väntar med mitt också… tills rätt
tid är kommen!"

"Vad knäppt", utropade Alma. "Med mina glasklara instruktioner kommer du kanske aldrig få öppna mitt brev! Tänk om du dör före mig! Vad tänkte jag egentligen, att du skulle återuppstå ur graven med en brevsprättare i hand på min begravning?"

Det underbara var att när vi väl var döda så skulle vi nog ha annat att tänka på båda två.

"Ja, och chansen är ju rätt stor att när vi är gamla så har vi glömt bort det i alla fall! Min gammelfaster tror att hon jobbar som flygvärdinna i Simrishamn."

I den tredje plastfickan låg några få formulär kvar som förblivit oskrivna. Jag mindes hur vi suttit med Brunos Mac och lekt med typsnitt och storlekar. Det slutade med att vi använde allt som fanns för högsta möjliga coolfaktor. I dagens ögon såg de rätt så hemska ut, eller tidsenliga kanske var en bättre beskrivning. Underligt hur tiden förändrade synsätt på vår omgivning. En frisyr idag var en katastrof för trettio år sedan. Och vice versa!

Det stod klart och tydligt att man skulle fylla i formuläret med namn, adress, telefonnummer, födelsedag samt gärna berätta hur man hittat eller fått pärmen. Det fanns plats för ett foto. Sedan följde ett dussintal plastfickor som varit tomma och sladdriga där på Jontas Kiosk & Grill utmed Edsbyvägen för åtta år sedan. I varje plastficka låg ett brev till mig och Alma.

"Alma", sa jag, och tog en mandarin från fruktskålen. "Det har kan ju bli till precis vad som helst."

"Ja vet, min hjärna går på autopilot. I min värld har vi redan packat våra väskor och är på väg till Arlanda. Nu kör vi, vi drar i sommar efter att vi tagit studenten. Vi har ett drygt halvår att jobba ihop reskassan."

Vår världsomsegling, i planeringsstadiet. Klockan var halv tre. Ute var det kolsvart natt och -16 grader. Vi skulle ut och träffa dem. Nedräkningen hade börjat. Det var inte långt kvar nu. Snart var det vår tur att åka jorden runt. Sommaren var ännu ljusår bort från vintermörkret. Men den skulle komma, som alla somrar alltid kom.

Viksjöfors, några dagar senare

Där allt har sin plats

Vår gård låg en bit utanför Alfta och vi hade haft den så länge jag kunde minnas. Hälsingland hade alltid känts så snällt. Barndomens minnen hade sakta men säkert byggt den bilden. Det var en plats dit jag kom om somrarna och badade, lekte, såg på TV och fick vara uppe så länge jag ville. Den magin hade aldrig försvunnit. Det som fanns inom mig var en konstant, värdet hade aldrig förändrats. Variabeln i tillvaron till trots. Jag hade blivit äldre, jag hade fått en mobil och eget bankkonto.

Popgrupper hade kommit och gått, min garderob hade tömts och fyllts på. Sommarklänningar och små finskor till jeans, T-shirtar och secondhand, lite hippiestil, grunge. Nu hade den lugnat ner sig i något ganska nedskalat: Mest svarta jeans och skjortor. Bygden likaså hade sett sin förändring. Som så många andra bruksorter hade små affärer med lokala grödor ätits upp av större köpcentra med tusentals parkeringsplatser och metervis av kylboxar med halvfabrikat och frysta maträtter. Bensinmackar med kaffe och kaka blev först obemannade och sedan lades de ner.

Men det var kanske tidens gång?

Under våra år utomlands så hade vi alltid levt djupt, hellre än brett. När vi bodde i Maputo var det Mozambique vi upplevde på helger och lov, hellre än att resa till de kringliggande länderna. Så var det alltid. Vi skapade livslånga relationer med den lokala communityn och handlade på marknader som blev en del av vår vardag. Kanske just därför älskade vi att åka till Knåda sport. Det var en juvel och samlingspunkt dit vi ofta tog en tur för att inhandla nya skor, fotbollar och kängor och höra hur ägaren mådde. När det fanns skor i större storlekar köpte vi dem också så att jag hade att växa i till nästa sommar. Skor som jag växte ur skänkte vi till behövande i vår närhet, var vi än bodde. Det var livets gång, att ge och få.

Jag älskade att komma till Hälsingland. Den vita gården låg mellan den gamla nedlagda järnvägen och slätten som bredde ut sig ända ned till Voxnan. Gammelmormors gård där hon växt upp var en konstant i mitt liv. Vi ägde det och det var vårt, till skillnad från våra boenden i Buenos Aires, Maputo, Stockholm, Beirut, Paris och London där vi passerat som hyresgäster. Så fort man kom in genom grindarna levererades en hemkänsla rakt in i hjärtat.

Gammelmormors kopparkärl hade sin plats, min morgonrock hade sin plats. Stenen i bäcken hade sin plats. Doften från liljekonvaljer, vyn över sjön och björken intill staketet hade sin plats. Allt som växte och blev större, från samma rötter som alltid. Vi hade inte ens bytt tapeterna.

Tallarna hade vuxit och vält i vinterstormar. Tyget utmed kanten på kökssoffan var nött av alla barnsben.

Jag pyntade med julsaker från lådorna uppe på vinden. En i taget bar jag ned dem för den branta trappan. Det som fattades var granen. Jag tog på mig ett par varma kängor från vinden som var någon storlek för stora. Jag täppte till med ett par raggsockor. Det behövdes, det var -15 grader ute. Sedan vandrade jag över till granngården. Jag ville försäkra mig om att Stefans erbjudande om att hugga gran på deras mark fortfarande gällde. De blev så glada att se mig att de bjöd in mig i värmen.

"Så länge jag lever, och i graven likaså, så ska du få en gran varje år, det har du mitt ord på", och så log han det där typiska Stefanleendet.

Vi drack julte, åt lussebullar och talade om åren som gått. När vi väl tog oss ut i skogen såg granarna likadana ut allihop och mörkt var det också. Det blev en på måfå som vi bar hem till oss. Stefan först, jag bakefter. Jag ruskade av snön som fastnat utmed undersidan och lät den stå kvar ute. Med kinder som stack av kylan steg jag in och drog av mig kängorna. Raggsockorna följde med, så som alla sockor alltid följt med. Drog på mig sockorna igen och satte fötterna i ett par tofflor som stod vid dörren.

Tofflor. Som i hallen hemma hos Alma.

Hur mådde hon?

Som jag såg fram emot att träffa henne imorgon. Längtan tog tag om mitt hjärta. Mamma ringde och sa att de landat efter lite försening på grund av dimman på Heathrow och att de skulle komma fram runt tiosnåret. Alma med familj skulle komma imorgon. Bara tanken på Alma gjorde mig ljummen i själen. Det var en sådan lyx att få en snar uppföljning på besöket i lyan i Näsby Allé. Fortsättning följer istället för ett år till nästa kapitel. I loved it.

Jag såg framför mig när vi är små och for ned för backen på Almas farmors gamla kälke. Eller så var vi ute och lekte på isen, i skidbacken, eller långt in i en snögrotta som vi inrett med granris och fårskinnsfällar dit mormor kom bärandes på en korg med eftermiddagsfika. Jag ville återuppleva nybakade bullar, choklad och en snökoja med Alma.

Mitt i julstöket när lussebullarna stod på jäsning kom tröttheten över mig som en knockout. Det var ingen idé att streta emot då jag redan förlorat matchen. Jag hann öppna *Julstämning* från 1983 men kom inte långt innan ögonlocken blev tunga som bowlingklot. Jag vaknade till plötsligt, med en känsla av obehag i kroppen. Något kändes olustigt i bröstet.

Jag for upp i luften när en gäll och elak ringsignal i kubik fyllde hela rummet. Mitt hjärta dunkade intensivt. Jag lade handen över bröstet och försökte lugna ner mig. Jag pressade handflatan hårt mot bröstkorgen. Telefonen fortsatte ringa. Jag var sjöblöt. Jag tog några klumpiga steg mot hallen. Foten hade somnat. Den bar inte min sömntyngda kropp så jag snubblade och välte en trave lådor med julgranspynt. Det ringde och ringde, gällt och förskräckligt. Signalen tryckte sig in mellan revben och grova stockar. Jag kunde inte hitta telefonen i mörkret, och det fortsatte att ringa och ringa.

Så blev det knäpptyst. Tystnaden runt om mig och inne i mig skrämde mig. Mörkret skrämde mig. Furorna utanför skrämde mig. Mitt eget hjärtslag skrämde mig. Rädslan skrämde mig. Jag skakade. Jag som aldrig var rädd.

Hur kunde jag skydda mig från svallvågorna som fullkomligt svepte över mig?

Jag var vilsen i mörkret och ville trycka på stopp. Jag var så ofantligt rädd. Under några sekunders lugn tänkte jag klart och hittade lampan. Det tog några djupa andetag tills ögonen vande sig vid ljuset.

Jag låg på golvet, helt utslagen.

Något var galet. Något…

Så började det ringa igen.

Var det mamma och pappa?

En bilolycka?

Nu hittade jag telefonen direkt. Jag skakade när jag lyfte luren mot örat och hörde min egen röst som om det vore någon annans. Det lät inte som Felicia Fanny Äng. Det lät inte som jag.

* * *

Almas småsyskon Hugo och Eulalia var hemma hos mormor och morfar i Vallentuna. De var fem år gamla och tittade på Julkalendern. De var så där spralligt julglada bara barn kan vara.

Ulrike stod i köket i huset på Näsby Slotts ägor. Hon undrade varför Bruno var sen, han var alltid hemma vid den här tiden. Hon dubbelkollade kalendern. Bridgeklubben från Brf Falken hade varit där igår så disken var minimal en kväll som denna och så tätt inpå jul. Sällan missade Bruno nyheterna klockan 18.

Varför hördes inte det bekanta ljudet av hans tunga steg på trappan när han slog bort snön?

Varför var det mörkt i cafét?

Varför kändes det annorlunda och konstigt?

När det varit knäpptyst så länge att hon kunde höra moraklockan ticka – tiden på ugnen visade 18.06 och ännu ingen Bruno – tvekade hon inte ett ögonblick innan hon rusade ut i ett par träskor och stormade in i cafét, redo för det värsta.

Bruno satt blickstilla i soffan, med kängorna och jackan på.

"Det kändes så konstigt, det gjorde så ont över hjärtat. Jag var tvungen att sätta mig tills det lugnade ned sig."

"Behöver du hjälp? Har du ont?" frågade Ulrike så lugnt hon kunde.

"Håll om mig snälla. Bara sätt dig här. Det gör inte ont men det känns konstigt i hjärtat. Förlåt om jag skrämde dig."

Ulrike satte sig bredvid Bruno och höll om honom. Julgransbelysningen i det kala körsbärsträdet utanför sken vackert i mörkret utanför. Ikväll skulle skinkan in i ugnen, barnens julklappar var inhandlade och väskorna stod nästan klara inför färd. Det här skulle gå bra. Det var ju faktiskt jul. Så fort Alma kom hem skulle de åka till mormor och morfar i Vallentuna och hämta barnen. Om Alma hunnit med 18.10 tåget skulle hon komma när som helst.

Bruno och Ulrike satt lugnt i tystnaden tills de gick in till huset och fortsatte med julpysslet tills det ringde på dörren. Två uniformerade poliser stod på bron och ett skrik hördes långväga i den kalla vinternatten.

* * *

Bruno ringde ett samtal som han önskade skulle gå obesvarat i all evighet. Han lät signalen fortsätta ringa och tog ett djupt och tacksamt andetag när ingen svarade.

Andra gången kom han fram.

Det var jag som svarade.

Mamma och pappa följde mina fotspår i snön och hittade mig i strumplästen intill gungan i tallen.

Allt hade gått mig förbi, livet likaså.

Grön gubbe och Alma hade tagit steget ut i gatan för att ta 18.10 tåget från Östra Station när den onyktra föraren missade rödljuset på Valhallavägen. Ambulansen kom från Drottning Kristinas väg och var på plats inom några få minuter.

Arton år sedan sist åkte Ulrike rullstol i hissar och genom kulvertar på Danderyds Sjukhus. Arton år sedan hon med det nyfödda lilla knytet Alma inlindad famnen fått skjuts från förlossningen till patienthotellet. Arton år sedan det knippe liv hon höll i sin famn inte var mer än någon timme gammalt.

Arton år sedan livets början som nu var slut.

Hennes liv hade inte gått att rädda.

Alma var död.

Dagarna efter...

Verkligheten skonade ingen

Så länge jag inte skrev om det i dagboken så hade det inte hänt.

Det har inte hänt. Det har inte hänt. Ingenting har hänt.

Men det hade hänt. Jag kunde bara inte få det ur mig. Pennan hade inte orden i sitt vokabulär. Det blå bläcket vägrade skriva svart.

Ute var det mörkt och halt. Det blåste hårt och snöade. Det var inte en kväll att sätta sig i bilen om man var rädd om livet. Vi bestämde oss att försöka få lite sömn, eller vila, och resa till Näsby Allé morgonen därpå. Dagen före julafton. Men vad gjorde det, julen var som bortblåst. Den hade förlorat allt den någonsin betytt. Det skulle inte längre bli en julafton utan en vanlig sketen tisdag. Som var allt från vanlig.

Från kakelugnen hördes dovt ett sprakande. Mina känslor slöt fred i en fragmenterad minut, men så kom samtalet från Bruno tillbaka. Jag ville inte sova för jag var så rädd att vakna upp i min nya verklighet. Jag var ensammast i världen. Aldrig någonsin ville jag vakna igen. Sakta gick min värld ett sömnlöst liv till mötes.

Verkligheten skonade ingen. Innan jag ens fått upp ögonen så var den där och hälsade mig välkommen in i sitt helvete. Och den spökade i mina mardrömmar. Jag visste inte om jag sovit några gram eller om jag bara legat där och gråtit, snutit mig, och gråtit ännu mer. På en krok på väggen hängde tygpåsen från Stockholms Stadsmission och däri låg kortet från Bruno:

> *Alma ska få en likadan, har jag tänkt mig. Jag kallar den för Amistad, vänskap.*

Var det dumt att bränna fina ögonblick så tidigt?

Var det klokare att spara på det goda nu när livet bekänt sorgens färg?

Jag öppnade den fint inslagna presenten. Inlindat i silkespapper låg ett inramat foto på mig och Alma när vi satt vid vattenbrynet med jordgubbarna mitt emellan oss. Jag var klädd i shorts och T-shirt och hade just tappat en tand som jag lagt i en liten träask med runt lock där det stod Mina mjölktänder. Den glada gluggen sken med tandens frånvaro. Bruno hade framkallat fotot själv, det var svartvitt och tog mig tillbaka till första gången vi träffades.

I en annan ram fanns ett foto daterat 1988. Vi stod med våra sommarklänningar och sandaler bredvid en korvkiosk. Alma hade ett paket i famnen, hon bar det som eleverna på väg till matten i amerikanska filmer. Ett tredje foto visade oss hand i hand, vi liksom svängde med armarna i lyrisk harmoni. Bakom oss på picknickbordet skymtade vår Columbus insvept i en påse. Bruno hade fångat ett historiskt ögonblick i våra liv.

Jag ville träffa familjen Lindgren. Jag ville till Almas lägenhet, besöka våra sista minnen då drömmar pyrt och skickat röksignaler ut till våra sinnen. Fortsättningen som skulle ha följt hade klippts av med en bödels makabra kraft. Jag ville ringa Ulrike men klockan var halv fyra på natten. När klockan var nio kunde jag inte vänta längre. Jag ringde. På något sätt ingen av oss kunde förklara hade vi båda överlevt den första natten utan Alma. Vi var inne på vår sextonde timme utan henne. Vi grät mest, sa inte så mycket. Jag berättade att vi skulle köra söderut efter frukosten. Ulrike hälsade oss varmt välkomna. Och så tackade hon mig för allt.

Det knackade på dörren när jag lagt på.

"God morgon", sa pappa och satte sig bredvid mig.

"Nej pappa, det här är ingen god morgon. Det finns inte längre goda morgnar. De är slut."

Det fanns inga ord som tröstade så vi satt tysta. Vår andning gick i symbios.

"Den här är till dig. Jag hade tänkt ge den till dig i studentpresent. Men jag tycker du ska få den nu."

Under några ljudlösa sekunder undrade jag om pappa var rädd att han skulle mista mig också.

Var det därför han skyndade sig?

"Tack, pappa."

Reservoarpennan jag nu höll i min hand hade pappa fått av farmor när han tog studenten. Farmor hade tagit sig till skolan från sjuksängen, varit med på ceremonin och kämpat sig genom förrätten innan hon gjort sorti och åkt färdtjänst tillbaka till sjukhuset. Hon dog senare på natten. Bland de ting han ägde var pennan honom kärast. Den var alltid med honom, utan den kände han sig naken.

"Du måste skriva", viskade pappa. "Du måste skriva."

"Tack pappa, tack. Jag vet hur mycket den här pennan betyder för dig, är du verkligen säker?"

"Här har du bläcket, sedan kommer hjälparna. De är små osynliga varelser som kommer till dig och hjälper dig hitta ord och meningar med livet."

* * *

Jag grävde i minnen och i glömska. Såg otaliga klipp framför mig, allt vi upplevt tillsammans. Mindes så många konstiga stunder, minnena var som meteoriter som bombarderade näthinnan från alla håll och kanter. Jag bosatte mig i dåtiden, det skyddade något mot den förtvivlan, saknad, ilska, sorg och desperation som hade mig i ett järngrepp. En dag som skulle bli till fyra, fem, åtta, en miljon.

Hur många dagar varade ett liv?

Almas, 6 408.

Om jag vetat att den där gången i Näsby Allé skulle blivit den sista, hade jag gjort något annorlunda då?

Hade jag sagt något mer?

Hade jag hållit fast i kramen ännu några fler sekunder?

Svängt om och sagt hur mycket jag älskade henne?

Ibland slogs jag av det mest vardagliga. Jag skulle aldrig mer skriva hennes adress på ett kuvert, få ett brev från henne eller käka hummus tillsammans. När en människa dog, så dog ett helt bibliotek.

En sista gång innan avfärd från vår släktgård kikade jag in i mitt rum och lämnade dörren på vid gavel. Fick på mig kappan och stövlarna, gick ut som siste man och låste ytterdörren bakom mig. En sista gång. Jag sa farväl, jag hade bestämt mig att aldrig komma hit igen men det var en annan sorg jag lade åt sidan. Jag hade inte plats för mer sorg.

Jag tittade aldrig bakåt när vi svängde upp för backen. Det gjorde för ont. Jag satt i baksätet bakom mamma med blocket jag köpt innan Alma kom hem dagen då pärmen anlänt. I handen höll jag pappas penna, min penna nu. När vi kom ut på stora vägen tog udden till slut mod till sig och rörde vid papperet och då kom bokstäverna en efter en. Lite trevande först, blygt, men sedan flöt det på. Som tårar när man var ledsen, skrattvågor när man var glad, kyssar och beröring när man var kär. Pappa hade haft rätt. Hjälparna hade stått i givakt vid min sida och skulle hädanefter aldrig någonsin lämna mig.

Som en långdans höll bokstäverna i varann, de dansade fram över papperet, nya formationer som aldrig förr setts svänga. När sista dansen gått var jag helt blöt i vänstra handflatan. Jag hade låtit tankarna fröjdas som om ingen hade sett dem, som när den blyge dansade fritt i mörkret. Och i mörkret hade jag för första gången sedan Brunos samtal sett solstrålarna i vinterlandskapet. En liten liten stråle som värmde upp tjälen där jag fastnat, som långsamt gick mot upptining. En liten knopp trängde upp ur jorden och sa hej.

Sverige svepte förbi i ilfart, en Svealandsdokumentär på *fast forward*. Det förbifarande landskapet med alla tankar och drömmar bakom spetsgardinerna i vardagsrummen. All tillvaro vi for förbi i vår hyrbil, alla känslor, all vilja, alla liv och all död utmed vägen. Människor som ville bygga ut altanen, plocka plommon, skaffa barn, måla om staketet, plantera rhododendronbuskar, ringa en god vän, boka resor till Mallorca, gå till biblioteket, flytta utomlands, hämta barnen på simningen, gå till posten, skriva en bok. Alla små och stora ting som gjorde livet till något så underbart, unikt, vackert.

Så ont.

Vi höll trettio genom allén, jag räknade träden som jag alltid gjort. De var fler än hundra. Jag önskade att vägen aldrig skulle ta slut. Att vi aldrig skulle komma fram till den oundvikliga verkligheten och sanningen. Som om gudarna hört mig fastnade vi vid bommarna. Det välkända tjutet från tåget och så blev det så tyst. Framåt några hundra meter till och nu var vi tveklöst framme. Pappa parkerade utanför slottsgrindarna.

Jag öppnade bildörren men det blev för mycket, jag klarade inte av att gå in. Jag kvävdes, måste få luft, luft, frisk luft. Massor. Sprang ensam ut på fotbollsplanen, fortsatte vidare genom snår och buskar som var hårda och elaka av vinter och snö. Jag vrålade, jag såg genom de vinternakna träden ned mot vattnet. Jag vill försvinna ner i ett iskallt hav. Jag ville inte finnas. Jag lade mig ner och grät som en vingklippt snöängel. Huttrade, grät, skrek. Jag visste inte vad jag gjorde, jag visste inte vad jag skulle göra. Jag visste inte hur lång tid det skulle ta att känna igen min egen spegelbild. Jag kräktes, den ovissheten var för mycket och för överväldigande.

Mamma och pappa fick mig upp på benen. Ulrike närmade sig med en filt som hon lade över mina axlar. Tillsammans slöt vi en cirkel mitt ute på den karga fotbollsplanen. Jag lyfte blicken mot den kalla himlen.

Fanns hon där uppe?

Fanns hon där?

Jag ville skrika så högt det gick – fråga någon långt där uppe:

Finns du där uppe?

Är du där?

Bussen åkte förbi och glassbilen spelade sin glada trudelutt och ändå var inget som det brukade.

Med Almas nyckel i handen promenerade jag ensam över Djursholmsvägen, över parkeringsplatsen vid mataffären, runt hörnet, mot porten. Jag stöttade mig lite mot staketet när jag såg Almas köksfönster. Det lyste en lampa. Jag slog in koden, 1818, som om någon lekte med hur gamla vi var, hur gammal jag var.

Trapphuset med dess ljusgrå färg med konfettiflingor i blåa och gula kaskader.

Sopnedkastet. Knyt ihop soporna. Mattan framför hennes dörr där det stod *Stay away if you're not nice*. Skylten Här bor Alma men här skulle ingen Alma någonsin bo igen.

Jag fumlade med nyckeln. Darrade så att jag tappade den på stengolvet. Hoppades in i det sista att den inte skulle passa. Här och nu vaknade jag upp ur den mardröm som med sin svarta ridå mörklagt allt och ändå var verkligheten värre än mardrömmen. Hoppades att en ny hyresgäst redan burit upp sina flyttkartonger för trappan, att jag skulle höra barnsfötter på parketten. Satte in nyckeln i låset och vred om. Nej ingen låssmed hade varit här. Allt var precis som förr och ändå inte. Dörren gick upp.

Det klingade i taket när min kappa slog emot bjällrorna som hängde på det lila bandet. Lägenheten luktade Alma. Som den alltid hade gjort, men inte längre skulle göra. Jag tog av mig skorna och satte på mig tofflorna som fortfarande stod där. Mina tofflor.

I hallen låg den runda mattan, den Almas mormor Marta vävt. På det lilla bordet stod den enkla röda vasen med en kvist murgröna.

Adventsljusstaken lyste i köket in till vänster. Murgrönan var lite torr, bladen slokade. Jag vattnade på den. Matbordet med de fyra stolarna. Hyacinten. Julpysslet som det pysslats med. Hennes sovrum där ingen längre skulle älska. Överkastet låg lättsamt slängt över sängen. Den lilla toaletten. Tandborstglaset upp och ned. Alma hade packat sin necessär inför julen i Hälsingland. Inne i vardagsrummet hängde de breda sidentygerna från taket men värmen i färgerna hade kallnat.

Jag huttrade.

Jag hade aldrig någonsin känt mig så långt hemifrån.

Utan Alma var det här bara ett skal. Väggar, golv och tak. Utan Alma var det här ingenting alls. Kväljningarna överöste mig igen. Kräktes resten av korven jag lyckats peta i mig på vägen ner. Grät som ett barn som ramlat och slagit sig på hård asfalt. Som vårens första vurpa. Solen gjorde sorti. Ett tungt väldigt mörker vakade över allt som fanns i lägenheten.

Alma var bara ute till affären, skulle snart komma tillbaka med en liter mjölk och kexchoklad. Var och slängde sopor, pantade burkar, hyrde en film. På bibblan kanske. Hon var försenad, träffade en kompis, hade samtal med sin terapeut. Hon måste komma tillbaka, så här fick det bara inte vara. Så här skulle det inte vara.

Tårarna gjorde allt till en suddig film, känslorna var svartvita. Bort, bort från min vy, du fula film. Ville springa härifrån. Almas doft hade blivit en stank som frätte i näsan, det skar till i hjärtat varje gång ångorna hälsade på förståndet. Satte mig på golvet och började gråta hejdlöst, en gråt som ingen kunde trösta. För det fanns ingen tröst, det fanns inga lösningar. Insikten att allt var för evigt förändrat och oåterkalleligt var fullkomligt förkrossande. Det svartnade för ögonen, kanske var det mina ögonlock som till slut slocknade.

Det var då brevinkastet i dörren slamrade till.

Jag studsade upp, hade jag slumrat till?

Hade jag drömt?

Varför kom det post så sent på eftermiddagen?

Ett tecken från ovan?

Jag krälade dit på alla fyra. På dörrmattan låg ett ensamt kort med en chockrosa Post-it rätt över tomten. Jag visste vem det var ifrån. Jag lutade mig mot ytterdörren i chock.

Hej Alma!

Brevbäraren råkade lägga in det här hos mig, här kommer det bättre sent än aldrig.

God Jul från Sigrid en trappa ned.

I handen höll jag vårt löfte. Det vi tummat på den 18 december 1996 för då får vi en datumstämpel som Alma sagt pillemariskt.

Och det är ju alltid roligt att få brev, speciellt när man minst anar det.

Almas verk.

Hur lyckades hon skicka brev från döden?

Levande som död spred hon inspiration som ingen annan. Hon fick mig att må ett uns bättre, vilket var mycket. Och jag kom ihåg en annan grej. Jag tog mig bort mot sängen. På bordet intill bokhyllan låg pärmen uppslagen med plastfickan med våra brev. Öppna efter att jag är död, i Almas spretiga bokstäver. Tiden var kommen, det var dags att öppna Almas hemliga brev.

Jag satte mig i köket med en brevsprättare i trä. *AVS: Löjas i brevet* stod det på baksidan. Det var lite buckligt och det som legat väl förvarat i många år rasslade lätt. Spetsen gled in under fliken i vänstra hörnet som Alma slickat igen åtta år tidigare.

Vad var det för frön som rasslade i den anonyma påsen som låg i kuvertet?

Jag tog ut Almas brev och mindes hennes skrivstil från vår barndoms många brev.

> *Hej Felicia,*
>
> *Du är min allra bästa vän.*
>
> *Jag sitter i mitt hemliga gömställe och skriver det här hemliga brevet till dig. Jag hoppas att du kommer läsa det här när du är en jättegammal tant! I en gungstol med roliga glasögon och en rutig filt, som min gammelfaster.*

Jag var ringa arton och minst sjuttio år från tant. Jag skulle aldrig bli en tant. Tant var något andra tyckte man var! Orden flöt ihop, tårarna droppade ned på vaxduken. Jag vände mig om efter lite hushållspapper, snöt mig, tog ett djupt andetag, tittade ut genom fönstret över ljusstaken, fortsatte läsa.

> *Jag tänker ibland att det är så sorgligt att bästa vänner inte kan gå på varandras begravningar. Så om jag dör innan dig så är det ju tur för mig, för då kan ju du komma till min begravning när du är en jättegammal tant. Jag vill be dig om en tjänst, jag vill att du gör en grej där på min*

begravning så att det inte blir så himla sorgligt. För jag vet
ju hur folk bara gråter och har svarta kläder på sig.

* * *

Jag klingade i glaset och ställde mig upp medan glas och kaffekoppar varsamt ställdes ned på sterila linnedukar med vaga blommönster vitt mot vitt. Blickar riktades mot mig. Benen skakade.

Skulle jag klara av det?

Bar rösten?

"Jag vill framföra några ord, på Almas begäran", började jag. "Alma skrev det här när hon var nio år gammal. Hon lade brevet i ett kuvert, som vi lade i en pärm, som reste jorden runt och kom tillbaka till oss bara några dagar innan Alma dog. Det är en lång och fantastisk historia som jag ska berätta mer om en annan gång."

Jag log. Rösten bar.

Som på Oscarsgalan tog jag ut Almas brev ur kuvertet. Kände värmen från blickarna på mina kinder. Det var drygt tre veckor sedan hon försvann. 1996 hade tagit 1997 i hand vid midnatt på nyårsafton åtta dagar tidigare. Jag tänkte på hur vacker hon hade varit i livet, och hur vackert det varit inne i kyrkan. Allt i vitt. Blommorna, kistan, ljusen. De fladdrande ljusen.

Hej alla som är här idag, snälla gråt inte. Ni är världens
bästa kompisar och släktingar. Vi har ju känt varandra
jättjättelänge, vi delar tusen miljoner minnen.

Jag riktade blicken mot Bruno som satt med Ulrikes hand i sin. Så fortsatte jag läsa:

> *Min pappa och mamma är världens bästa. Men de har nog dött för länge sedan för mammor och pappor dör ju innan sina barn. Ibland läser jag i tidningen eller ser på TV att någon liten flicka har dött och då blir jag jätteledsen och jag undrar varför och hur hennes mamma mår.*
>
> *Jag hoppas att mina vänner aldrig dör. Om ni redan är döda så kan jag säga det till er när vi möts i himlen, och om ni fortfarande lever så tack för att ni har varit så snälla mot mig mamma och pappa. Tack för alla jordgubbarna på somrarna, våra bilsemestrar, och all jättegod spaghetti och köttfärssås på fredagarna. Fiskpinnar är inte jättegott. Men saft och bullar det är jättegott.*

Någon snöt sig, en annan nös. Ulrike kramade Brunos hand hårt. Han såg upp mot taket, ut mot fönstret och blickade ned i bordet, torkade tårar.

Skulle Brunos svaga hjärta klara av den här dagen?

Jag harklade mig och kände både kraft och självförtroende växa sig större och ta mer plats inne i mig. Ingen hade förberett sig på Almas död. Vi upplevde just nu live något som inte funnits på kartan innan dödsbudet gjorde sitt mörker känt dagen innan julafton. Den här stunden var unik för oss alla. Det hade aldrig skett och skulle aldrig ske igen. I den vetskapen fann jag en from känsla av att jag i den stunden gjorde oss alla en tjänst och gav oss vapen i kriget mot sorgen.

Min begravning! Jag kan inte förstå att jag är död! Kan ni det? Hur hände det? Felicia är där, det är jag säker på, för annars skulle ni ju inte höra det jag skrivit! Om hon kan läsa förstås, hon är ju säkert jättegammal och har glasögon och en stor tratt i örat och kanske inte kan gå och se så bra. Står rollatorn parkerad på bron? Påminn henne om det efteråt snälla! Tack. Annars kanske hon åker färdtjänst hem utan den. Hon kanske är hundra år gammal. Hur gammal blev jag?

Jag är nio år gammal idag när jag skriver det här så jag kan tänka mig att det har gått kanske åttio år. Oj! Är det alltså år 2068? Hur ser världen ut nu? En del av er kanske inte ens minns mig, för jag vet ju att gamla människor ofta glömmer bort en massa saker. Så jag ska berätta.

Jag heter Alma och jag vill bli upptäcktsresande. När jag blir stor så ska jag köpa en luftballong och åka precis dit jag vill. Sedan ska jag åka till varenda land som finns, i bokstavsordning! Från Afghanistan till Östtimor.

Här var jag tvungen att ta en paus. En klunk vatten. Ett andetag.

Jag hoppas min bästa vän Felicia vill åka med, i alla fall på några bokstäver, låt oss säga A, J, K, och S. Amerika, Japan, Kuba, Spanien! För hon är min bästa vän. Vi ska leka och resa tills vi dör!

Paus.

En tyst minut?

En stor sorgtumör i halsen satte stopp som ett gupp i vägen. Måste sakta ned. Något djupt andetag senare lyckades jag lägga i en ny växel och gasa.

Jag tycker såååååååå mycket om er allihopa. Om ni tittar upp i himlen kommer ni se min luftballong. Den är nog röd och grön och blå och gul.

Vinka!

Alla begravningsgäster vände sig mot det fönster där solstrålarna nu strömmade in som på kommando. Som om Alma makat på molnen och släppt på ljuset i januarimörkret.

Hur var det möjligt?

Det spelade ingen roll, för det hände. En kollektiv magik susade igenom salen.

Vinka då sa jag ju!

Och då vinkade alla.

Nu ska jag klistra igen det här brevet. Tänk på mig när solen skiner för det är så vi gör här uppe för att torka tårar.

See you!

Hugo och Eulalia, snart sex år gamla, satt bredvid varandra och lekte med efterrättsskedarna. De blev inte lika förvånade som de andra när jag nämnde deras namn. Jag hade pratat med dem innan och vi hade övat tillsammans.

PS:

Allihopa, nu ska ni få en sak, så att ni inte glömmer bort mig. För jag vet ju att gamla människor är jättebra på att glömma bort nästan allting.

Puss och kram och vänliga hälsningar!

Alma Lindgren

Hugo, i kavaj och kakifärgade chinos, tog en av korgarna i famnen och gick fram till Bruno. Eulalia med sina finskor och mörkröda klänning tog sin korg och styrde stegen mot Ulrike.

"Här pappa, var så god", sa Hugo. "En liten sak från Alma!"

"Mamma, det här är till dig. Jag älskar dig mamma", sa Eulalia.

De gick åt motsatta håll utmed långbordet, möttes halvvägs och återvände hand i hand till sina platser. Vänner, familj, släkt, gamla klasskompisar, barnvakter från många år tillbaka, grannar och alla andra som samlats, alla satt de stilla och log. De kramade sina fröpåsar hårt i handen. Jag tog till orda.

"Härlig är den blå jorden, härlig är guds blå himmel. Så era förgätmigejfrön så att Alma blommar på vårkanten. Tack, tack."

Ansikten täcktes av handflator som stöttades upp av tunga armbågar. Det snörvlades i salen. Man omfamnade, omfamnades, höll händer. Viskade, lyssnade, grät, stirrade ut i tomma intet, där det fanns något litet att se fram emot.

Våren då frön skulle planteras i blomsterlådor och rabatter, på ängar, balkonger och i gräsmattor.

"*To absent friends*", utropade Almas gudmor Hedvig Eleonora. I det ljusa församlingshemmet dansade solkatterna jitterbugg på väggarna och glasen klirrade. Ett skålmummel överröstade sorgens dova tystnad.

Ute på parkeringen drogs djupa andetag av frisk vinterluft från en nästan orörd landsbygd. Två rådjur sprang över den vita slätten. Glädjeskutt utan dess like, de slog bakut fyra gånger i rad.

"Titta, så roligt de ser ut att ha det", sa en av Almas gamla simkompisar. "Jag längtar efter den glädjen."

"Kör försiktigt nu allihopa, ni har alla dyrbar last", sa Bruno innan han satte sig i passagerarsätet. Almas gudmor hade erbjudit sig att köra familjen Lindgren hem till Näsby Allé så att det ekande elaka svarta hålet, tomrummet i baksätet, skulle fyllas.

De lämnade parkeringen med en dyrbar last som blivit berövad sin finaste juvel.

Jag har också sett *Änglagård*, tänkte jag och log. Jag såg den tillsammans med Alma och sedan skickade vi kärleksbrev till Rikard Wolff.

Hemma i Chiswick, London

Januari 1997

En vecka efter Almas begravning satt jag med säkerhetsbältet fastspänt på väg mot skolans sista vårtermin i London. Den sista slutspurten innan jag skulle ta studenten. Inom några veckor skulle brev och e-post från de bäst rankade skolorna i USA meddela att de ville ha mig på deras respektive program i statsvetenskap. Och jag hade helt andra planer.

Tårarna rann när Sverige förminskades under vingarna och försvann under molntäcket. Vilken resa det hade varit. Det som börjat med heliumballonger och tulpaner på Arlanda hade avslutats med panikshopping och svarta kläder till min bästa väns begravning.

Som så många gånger förr tittade jag i det lilla blocket jag köpt några dagar innan jul. Då när livet var färgglatt. På första raden stod det *RESA*. Under det hade jag noterat följande:

> *New York: Maraton och diplomatfrun Mrs Hewson fyller år i november, tänk om jag skulle kunna åka dit? New York New York!*

Sverige: Selma Björling och hennes stora familj på Hämma gård, som är så vackert på sommaren. Dalarna är fint, vill gärna åka dit.

Japan: Yuzuki Sato, våren eller hösten. Hösten är kanske bättre, har hört så mycket fint om höstlöven. Att japanerna vallfärdar till helt magiska platser för att se dem.

Kuba: Hur många år jag har på mig? Träffa Clara Santos.

Barcelona: Rosana Mundi har en lägenhet i stan och där finns ett rum som jag får bo i hur länge jag vill.

På nästa uppslag började jag få ordning på platserna. När jag tittat lite noggrannare slogs jag av vilken behändig rutt det skulle kunna bli. Om jag började hos Selma Björling i Dalarna i juli-augusti, reste söderut till Spanien, över Atlanten till USA, flög till Kuba och Japan så skulle en dröm kunna gå i uppfyllelse. En jordenruntresa.

Jag hade ungefär ett halvår på mig att planera äventyret och jag hade redan klarat av det läskigaste av allt: Jag hade vågat berätta för mamma och pappa. Jag firade min seger. Jag hade frisläppt sanningen om mig, Felicia Fanny Äng.

Jag hade berättat om drömmarna som var mina och bara mina. Inte andras som gick hand i hand med familjens och mina mor- och farföräldrars utstakade rutter via akademi och prestigeuppdrag. Jag hade bestämt mig att gå min egen väg. Resa min egen väg.

Min väg ansågs kanske vara en omväg, en felstavning, något som kunde korrigeras med repeterade argument om hur viktigt det var att ta examen. För det öppnade fler portar. Men jag såg världens möjligheter utmed den väg som jag snart skulle finna på egen hand, via kontroller utsatta på olika platser där jag skulle checka in och ta mig vidare.

För första gången sedan Alma dog fick jag gåshud.

New York Maraton 1997

Del 1 av 6

Första steget – alltid det svåraste

Som på en konsert där de precis öppnar portarna stiger sorlet från fältet framöver. Det är trångt. Energin sprattlar i mig. Jag hoppar upp och ned, ser guppande huvuden långt framför mig. När massorna rör sig framåt kan jag i långsam takt börja ta några steg framåt på Verrazzano-Narrows Bridge västra brofäste. Lite i taget öppnas fältet upp nog för att jag ska kunna springa i den takt jag trivs med. Och den ska jag hålla i fyra timmar. Utan att ge upp.

Nej, jag ska fixa det här.

Utsikten. Skyskraporna skär in i den klarblå skyn som rakblad. Långt bort skymtar Frihetsgudinnan. Hon är rätt liten i sin stora prakt, där hon står vänd mot södra Manhattan.

Tröjor, flaskor, vantar och mössor ligger spridda på asfalten. Jag tappar bort mig själv i folkhavet, jag är en del av den större massan med samma mål.

Löpare stannar till och tar kort, ringer på sina mobiler, killar kissar genom broräcket.

Benen travar på. Jag är ett sto med energi som en hingst. Höger vänster, höger vänster, höger. Solen skiner. Inte en vindpust. Brooklyns stolta välkomnande när vi kommer över bron är som karnevalen i Rio. Med öppna armar sveps jag in i en kokande färgstark atmosfär. En liten flicka bjuder på apelsinklyftor. Jag låter dess saftiga vitaminer ta tag i mig.

Höger vänster höger vänster. Undrar hur många steg jag kommer ta.

Hundratusen?

Klättrandes upp broarnas tröga uppförsbackar blir de fler, kortare, tyngre, och tyngre, och tyngre.

En tjej med kramp stretchar vaden med hjälp av en stoppskylt. WALK blinkar på trafikljuset intill henne. En man försöker skona sin rödflammiga hud genom att smörja insidan av låren med vaselin. En äldre man snubblar huvudstupa och skrapar upp knäna, det går hål på hans handskar. Han får hjälp med plåster.

Ett improviserat manus där alla spelar sin egen huvudroll och är statister på samma gång. Ett drama. En roman. En rysare. En nagelbitare. En komedi. Real World på riktigt.

New York, New York

New Felicia, New Me

Jag springer utmed kanten i Brooklyns skugga och slår high-fives slapp-slapp-slapp som dominobrickor. Blir så rörd av allt runtom mig, en ruta hushållspapper kommer bra till hands när snoret börjar rinna.

När vatten och vätskekontrollerna kommer så saktar jag ned, går och dricker, häller ut det som är kvar, slänger den tomma pappersmuggen, springer vidare. Ju mer fart jag tappar ju jobbigare är det att komma igång igen. Det är lättare att springa än att gå, än lättare än att stanna.

Är sorgearbetet så det med?

Mår man bättre av att pusha sig framåt istället för att lägga ned, bromsa?

Är det bra att bestämma en sträcka som man ska ta sig fram, och sedan vila?

Jag läser I am Sam på ryggen på en kille som promenerar, haltandes fram med medhjälpare på varsin sida. En tredje kör hans rullstol. Go Sam, skriker jag.

Hur många timmar kommer det ta honom till Central Park?

En seg uppförsbacke i Brooklyn tar orken ur mig totalt. Första rejäla svackan. Frustration och trötthet kommer välvande över mig. En fot i taget. Att det är det enda sättet att fortsätta framåt är så förgrymmat irriterande. En chokladbit från en äldre dam med ljuvliga kurvor hjälper mig igenom den krisen. Jag blir till en missil. Framåt marsch pannkaka.

Ett soundtrack.

Sådan rytm.

Sådan fart.

Sådant tempo.

Hoppar hage mellan världsdelar, kulturer, språk och atmosfärer. Springer genom ett best of av kubanskt, rock, gospel, salsa, soul, hip hop. Koklockor, trummor, hurrarop. All världens språk. Come on! Looking good! Come on now! Vamos España! Heja Sverige! Några landsmän står och viftar med blågula flaggor.

Jag förvånas över vilken bra takt jag håller. Varje kilometer på ungefär sex minuter och det är lätt att räkna då. Som tårtbitar, varje mil en timme. Hela maran fyra tårtor och en extra liten bakelse. En liten semla. Åh, Mrs Hewsons mandeltårta. Helt gudomlig en stund som denna. Får plötsligt ett sådant marsipansug. Eller en mazarin! Minns min första mazarin någonsin med Bruno och Alma på Östermalmshallen. Saknaden kommer över mig, jag vill springa ifrån den. Så jag kubbar vidare. Med Alma så fjärilslätt på min axel.

Hämma gård, Leksand. Juli 1997

Resan börjar

Så vackert det var. Trakten var from med falurött konfetti i det gröna och hustak som klättrade upp på bergen med barrskog som tuppkam. Ängar och fält låg och sov ned mot älven.

Kommer du växa här, i skydd från vinden?

Väx, snälla du, väx till dig och bli stor och stark, min vän, du lilla lilla minnenas blå blomma.

Det var snart åtta månader sedan Alma dog.

Den jämfota landningen på perrongen från översta trappsteget på tåget markerade första gången jag någonsin satte fot i Leksand. Jag var framme efter att ha stannat i Uppsala, Sala, Avesta-Krylbo, Hedemora, Säter, Borlänge, Djurås, Gagnef och Insjön. Selma Björling kom och hämtade mig på tågstationen.

I en Volvo åkte vi söderut. Lekande barn-skyltar stod utplacerade som portar i en slalomtävling. Här skulle inga barn dö! Äppelträd hängde frestande över staketen. Vi åkte över en bro, tog av in på en mindre väg, tutade till grannen, och sedan svängde vi uppför en blyg backe. Jag sträckte på nacken för att se ut över motorhuven. När vi kom över kulmen och det planade ut igen väntade en allé i givakt med stora ståtliga björkar som skänkte skugga över den sommartorra jorden.

"Ja, då var vi framme då", sa Selma och parkerade bilen intill den gamla bagarstugan. "Välkommen till Hämma gård."

Barnen kom springande och kramade både mig och Selma.

"De har alla sett fram emot att få träffa dig, speciellt Tilda. Det är flickan med flätorna. Hon är yngst men har nog varit här mest av alla."

Tilda tog mig i hand och så sprang vi till lekstugan under rönnbärsträdet. Där bjöd hon på fika i en dockservis. Mätt och belåten gick jag upp mot huset, uppför den stora trappan. Dörren till mitt rum stod på glänt. Flaggan vajade sommarslött mot den lugna himmelen. De hade hissat den för mig.

Det var hur osannolikt som helst att pappa hade läst några kapitel högt för oss ur boken *Från Normandie till Nordkap* inför julresan hem till Sverige förra året. Pappa hade åkt till Charing Cross Road och hittat den på Foyles. Den handlade om ett franskt par i husvagn som firade jul i Sverige med ett läkarpar de träffat på en vandringsled vid Riksgränsen. Läkarparet kom från Umeå och var före detta ägarna på Hämma gård. Jag gav boken som tackpresent till Selma och Anton.

Porslinsfigurer stod och tittade på mig genom vitrinskåp. På vinden sades det bo snälla spöken som kom och drog i förklädet särskilt runt Lucia. Allt som någonsin kunnat bevaras var kvar. Därtill en känsla av det förgångna.

Var kom alla ting ifrån, alla tavlor, alla mattor, klockor och möbler?

Som från en annan tid. Selma visade mig runt till matsalen och salongen på bottenvåningen. Plyschsoffan i salongen var lila och sträv mot låren när man barbent rörde sig mothårs.

I morgonrummet mot öst satt Selma ofta när dagen började. Hon planerade möten, inköp, och talade med kommunens anordnare och socialen. Fårskinnsvästar och långa rockar samsades om galgar och malört i det gamla kapprummet. Selma visade mig kurirrummet dit posten och alla gårdens varor levererades en gång i tiden. Här levde man som förr. Som om jag klampat in i en förgången tid, ändå mer levande än någonsin. Tänk om jag fått komma till jorden hundra år innan beräknat födelsedatum.

Undrar hur många Felicia det fanns 1878?

I köket stod vedspisen kvar med kopparkärl och slevar som stampade i en stor lerkruka i väntan på att få sno ihop en soppa tillsammans. Sängarna stod på så höga ben att gäster erbjöds utsikt ned till sjön direkt från blommiga huvudkuddar broderade med någon okänd släktings initialer. På andra våningen fanns ett linneförråd med dukar, örngott, lakan och löpare som doftade lavendel, rosor och mormor. Tjänarna fyllde på det väldiga badkaret med varmvatten från köket i början på 1900-talet då gården stod klar.

Vi satte oss i bersån med en kopp kaffe och kakor barnen hade bakat.

"Vi beklagar sorgen", sa Anton. "Vi förstår hur mycket Alma betydde för dig."

"Jag miste min lillebror. Vi var i Sälen på sportlovet och en vecka senare hittade läkarna en tumör i hjärnan."

Anton hämtade fotografiet som stod inne på byrån. Jag hade lagt märke till det när Selma visade mig runt. Det hade en aura av saknad bredvid det tända ljuset. Anton och Milo stod och skrattade. Det var vinter och de skulle åka skidor.

"Det var det roligaste vi någonsin gjort. Första gången på skidor och hej så vi for! Ingen kunde stoppa oss!"

Milos bortgång blev en tvärnit och det dröjde många år tills Anton stod på ett par skidor igen.

* * *

Eftermiddagskaffet i bersån blev första av många timmars samtal om allt mellan himmel och jord. Jag tackade för maten och gick in, ställde ned min ryggsäck på golvet i mitt rum och hängde in kläderna på ljusrosa vadderade galgar med små gula rosetter som doftade lavendel. Tildas kläder hängde i garderoben. Hon hade inte många plagg trots att hon i stort sett bodde här på obestämd tid. Hon skulle snart börja ettan. Det var hennes sista sommar utan sommarlov.

Jag lyfte undan gardinen och såg ut mot trädgården med de stora rosenbuskarna generöst med rosa i det gröna, stigen ned till grinden och älven mellan sommarfriska björkblad. Diamanter som strössel på vattenytan. Jag stängde garderobsdörren, lämnade rummet och tog mig ut på ägorna, ned till älven som låg och väntade på mig i sin strida ström. Där vid strandkanten planterade jag hennes frön. Almas minnen. Blå blå himmel och vatten och blommor, en vacker dag.

En klocka ringde och jag vände upp mot gården. En stig ledde fram tillbaka genom rosenbuskarna och genom en grind kom jag in på gården. En grusgång upp mot huset. På de små bänkarna fantiserade jag om hur tanterna satt i fina klänningar med stora kragar och gestikulerade och småpratade.

Kanske var en av dem damen i antikaffären som omnämns i *Från Normandie till Nordkap*?

Stora hattar och getingmidjor, en kopp engelskt te medan karlarna spelade tennis som Gustav V. Gick vidare och väjde runt fågelbadet. Små fiskar simmade bland näckrosorna.

Det låg några mynt på botten, hade önskningarna gått i uppfyllelse?

Inga mynt skulle någonsin få tillbaka min Alma men jag kastade dit i femtio pence jag haft i jeansfickan ett bra tag.

Selma stod på altanen framför de stora vitmålade dörrarna öppna på vid gavel. Gardinerna vajade bakom henne. Jag kände doften av mat och blev hungrig. Resan från Stockholm hade tagit knappt fyra timmar med bytet i Borlänge. Det var ett tag sedan jag åt smörgåsen, troligen innan vi passerat Avesta. Charmig var hon, Selma. Hon hade satt på sig förklädet jag köpt till henne på Tricia Guild. Det alltid inbjudande leendet, det krulliga yviga håret. Hon såg yngre ut än sina nyss fyllda sextio då det varit fest på Hämma gård för nära och kära då knappt hundra gäster kommit med tåg, bil, cykel och på fot.

"Jag tror att du är hungrig nu, det blir man här på Hämma gård! Du ska bara se hur mycket barnen äter!"

Spaghettin och köttfärssåsen i kastrullerna på spisen som Anton stod och rörde i såg ut att räcka till hela Leksands ishockeylag. Tre underlägg hade placerats på bordet, på dem mellanlandade skålarna under middagen. Tre karaffer stod uppradade, citronmeliss och limeskivor flöt runt i lugn symbios. Som en guldfisk som fett fattat den där zen-grejen.

Det var dukat för tio personer och en efter en anlände barn och ungdomar. Harald, Julia, Robban, Fatima, Marko, Anastasia och så min rumskompis Tilda med flätorna. Det var ett färgglatt gäng. Skäggstubb, djupa röster på väg in i målbrottet, maskara och för mycket kajal, och så lilla Tilda, än så söt, som kontrast till de tuffare killarna och tjejerna som var nästan dubbelt så gamla och lika snälla. Anton slog av vattnet och ruskade runt pastan i ett durkslag, skvätte på generöst med olivolja och salt, hällde upp den i tre likadana blåa fat och pyntade med en kvist persilja som Marko tagit med in från grönsakslandet vid lekstugan.

Selma och Anton som träffats en regnig natt på Roskilde och blivit ett par direkt hade gift sig tre månader senare. De var som gjorda för varandra. Det osade kärlek längre än vitlöken från köttfärsen.

"Hallå hallå allihopa, innan vi sätter igång så säger vi alla hej och välkommen till Felicia. Hon ska vara här med oss ett tag", sa Selma.

"Hej Felicia!" sa alla i ostämd kanon.

"Är Selma och Anton dina sommarföräldrar?" frågade Tilda, som satt bredvid mig med den blommiga pappersservetten i knät. Det syntes på flätorna att hon varit ute och lekt hela dagen.

"Nej inte riktigt. Selma är min kompis. Mina föräldrar bor i London."

"Ligger London långt bort?"

"Ganska. Det är så långt bort att om man ska åka bil så måste man åka en hel dag, så tar man båten, och så sover man på båten, och så åker man lite till när man vaknar."

"Oj, då måste man ha en bra bil och en bra båt också! Min mamma har ingen bil."

"Man kan flyga också, då går det fortare. På några timmar är man framme."

Tilda sken upp.

"Jag har aldrig åkt flygplan men jag tror att jag kommer flyga när jag blir stor. Till månen!"

Tilda, ett riktigt charmtroll.

"Selma är inte min mamma, men hon är som min mamma. Hon är snäll och det är kul här. Och när jag börjar skolan då ska Anton och Selma hjälpa mig med läxan. Och jag kan bada när jag vill och leka med alla andra barn och göra samma sak varje dag jättemånga dagar."

"Då kanske vi kan leka tillsammans sen, efter maten? Och läsa saga innan vi somnar."

"Ja, det gör vi! Jag ska visa dig mitt favoritklätterträd. Och ett ställe där det finns smultron. Och ett fågelbo. Och en fin sten som ser ut som en stor skalbagge. Och du och jag ska sova i samma rum, för där finns det en våningssäng, och där uppe sover ingen nu, så jag tror du och jag kan bli bästa kompisar."

* * *

Tilda var så lik Alma. Hon påminde mig om tiden då allting började, sommardagen då Alma kom med jordgubbarna. Minuterna, timmarna och dagarna efter hennes död kom det knockouts i vartannat eller varenda andetag. Sorg, förtvivlan, ilska. Missmod och misströstan förstörde allt, färgade vardagen till en grumlig grå färgskala. Mitt förgångna färgglada jag var som bortblåst. Jag bleknade bort. Jag gick med ett tryck i huvudet som inte var en värk, det onda pushade ut det goda ur hjärnan. Det gjorde ont i hjärtat. Men dagarna blev veckor.

Hur hände det?

Hade någon satt på *fast forward*?

I London efter begravningen fokuserade jag all min tid på plugget. Satt i biblioteket och läste, skrev och skrev om, rättade, raderade hela stycken, började om från början. Jag var besatt av att hålla mig så upptagen som möjligt, varken vågade eller ville ha luckor i kalendern. När jag inte pluggade sprang jag. Flera gånger i veckan. Ibland ett par gånger per dag.

Det var så jag klarade mig, det var så jag överlevde vårterminen och tog examen med högsta betyg i alla ämnen och med lovord från alla lärarna om en briljant framtid.

På papper var vårterminen en succé. Med facit i hand var det en katastrof. Så många känslor trycktes ihop i ett vakuumförpackat jag. Jag förbjöd allt utlopp, förbjöd tomma minuter, förbjöd mig att förstå och känna. Jag gick till en psykolog men gjorde aldrig övningarna hon rekommenderade. Svaren på hennes frågor var som inspelade på band. Det var inte Felicia Fanny Äng som pratade, det var någon annan. Jag flydde från Almas närvaro men aldrig från hennes frånvaro. Från frånvarons frånvaro fanns inga biljetter.

Och veckorna förvandlades till månader. Mamma, pappa och jag tog Eurostar och fångade våren i Paris på påsklovet. Jag petade ner några frön bland pelargonerna i balkonglådan som hängde utmed vår balkong på Hôtel Baume i närheten av Jardin du Luxembourg. Små små som av små änglar sända botaniska färgklickar som skulle säga tittut i sinom tid.

Förgätmigej för alltid.

Värmen kom, även den våren. Trots min sorg kom våren. Den var både välkommen och störande. Alla verkade så glada och kära. Jag var varken eller. Sandalerna kom på. Det var en väldigt tuff tid. Även när det vårgröna gräset kittlade mina tår när jag gick hem från skolan genom den grönskande parken halvvägs hem så kändes det inte som förr. När jag låg i solen med böckerna bredvid mig, och med den sprattlande gräsdoften lekandes i näsan, så nådde inte klorofyllen dit den brukade. När jag satt på en bänk och såg människor hand i hand så kände jag precis ingenting, varken mer eller mindre. Jag ville att det skulle vara som förut, då när Alma fanns. Jag gjorde det jag kunde för att må kryddmåttet bättre. Alltid med tonvis av sorg mot min vilja.

I städer som Buenos Aires, Maputo, Stockholm, Beirut, Paris och London hade jag blivit en uppskattad, välkomnad och älskad stamgäst på bagerier, hårfrisörer och restauranger. En del hade blivit vänner för livet och erbjudit hjälp, som när jag blev utelåst i Maputo och damen på apoteket erbjöd mellanmål medan hon kontaktade svenska ambassaden och lämnade ett meddelande till mamma. Jag var väl medveten om att jag hade fått bo i städer många aldrig skulle få möjlighet – eller tillfälle! – att besöka. Min pappa var duktig på att påminna mig och han gjorde det ofta: Nyp dig i armen. Ofta när vi satt tillsammans, gärna efter middagen med en kopp kamomillte, kunde han säga: Tänk att vi bor här, med extra betoning på bor.

Men vad hjälpte det mig att jag var lyckligt lottad?

Jag var ju enormt olycklig. Olika falla ödets lotter...

Varför hade inte jag också dött den där dagen med ishalka?

Eller alla de gånger jag sprungit över vägen när det var röd gubbe?

Bussarna hade slirat fram på Djursholmsvägen men ingenting hade hänt mig. Inte ett jota. Jag hade aldrig förstått vad en existentiell kris var förrän nu. De bästa och finaste skolorna i USA ville ha mig och jag hade svarat Thanks but no thanks. För jag skulle ut och resa. Vad som skulle ske sen, det hade jag inte en aning om.

* * *

Det som en gång varit en julklapp till en ung kvinna vars fästman inte låtit sig kännas av kärlekens gränser hade sedan blivit ett sommarboende för ett läkarpar från Umeå som förblivit barnlösa. Efter deras plötsliga bortgång i en båtolycka på en sjö i närheten någon gång på sjuttiotalet hade gården blivit lämnad till sitt dystra förfall. Fönsterluckorna spikades igen.

Att få komma hit till Hämma gård, det var magiskt. Som balsam för min arma trasiga själ som gått i tusen bitar. Det var inte underligt att Selma fastnat för pärmen. Hon – som Alma – var en människornas vaktmästare. Hon såg till att allt stod rätt till och gjorde det hon kunde för att reparera trasiga hjärtan och familjer. Hon bjöd på sig själv utan att förvänta sig det minsta tillbaka. Precis som Alma. Jag var så glad att våra vägar korsats. Jag behövde en vän som Selma.

"Det snackas mycket i byn om att de som flyttar hit kommer gå en massa tragiska öden till mötes – att det ligger en förbannelse över Hämma gård," sa Selma.

Anton tog vid:

"Godsägaren och hans fru förblev barnlösa och omkom när deras jaktstuga brann ner till grunden och läkarparet som flyttade in efteråt fick inga barn och ett ouppklarat båthaveri tog deras liv en sommarnatt på en av sjöarna i närheten."

Selma log.

"Trams trams trams! Vi körde på – *take a walk on the wild side*. Jag kände bara hem ljuva hem så fort jag steg in."

År efter år hade hon och Anton tagit emot barn på Hämma gård. Det fanns många olika skäl varför barnen inte kunde bo kvar hemma hos sina egna föräldrar. En del hade inga föräldrar, andra hade inget hem. Några hade bara en mamma, eller en pappa, som inte fick ihop det. Somliga hade syskon som krävde tid och energi. Många växte upp på Hämma gård och när de flyttat därifrån kom många och hälsade på för att leka, äta gott, säga hej och för att be om kärleksråd.

Efter middagen dukade barnen av och flydde fältet. Anton gick upp på övervåningen och tittade på Jeopardy. Vi kunde höra barnens glada lek genom det öppna köksfönstret. Jag och Selma satt ensamma kvar med en varsin espresso. Vi pustade ut i vår tystnad. Det märktes endast på köttfärssåsfläckarna att det suttit fler runt långbordet.

Efter en stund bröt Selma tystnaden.

"Vi går och sätter oss på altanen. Jag vill lära känna dig."

"Jag har alltid drömt om att få bo på en kurort. Min mormor visade mig en bild en gång med stora sängar i rum med högt i tak, snäll personal i vita förkläden som kom med mat på en bricka och Alperna utanför fönstret."

"Ibland räcker det med att dela med sig av sitt hem och mat. Mätta människor är glada. Glada människor blir snälla människor. Snälla människor hjälper andra. *Circle of life* helt enkelt."

Anton tjänade storkovan i Stockholm på åttiotalet och blev ett erkänt namn inom finansvärlden. Selma lyckades gott som reklamare. Men det kliade i fingrarna. De ville mer. De hade jobbat stenhårt i flera år och det skavde. Långsamt hade de kommit underfund med att det fattades något i det stora hela. Live Aid 1985 när omänskliga bilder på svältande barn i Etiopien kablades ut över hela världen blev deras uppvaknande. Själv hade jag stått med Alma i fina sommarklänningar intill mataffären inne i Alfta och spelat *We are the world* på blockflöjt. Vi sålde jordgubbspaj, saft och fina teckningar. Det blev 44 kronor till Rädda Barnen som vi skickade i ett kuvert.

För Anton var 1985 ett uppvaknande som han inte kunde sova bort. Saknaden efter Milo var större än någonsin. Livet hade tappat färg. Han började prata om förändring – på riktigt. Inte bara tapetsera om eller åka till Indien i sex veckor och hitta sig själv. Ungefär i den vevan mötte han upp med en gammal vän från lågstadiet. De hade inte träffats på åratal och började återföreningen med en kopp kaffe på Valands i Vasastan. Anton frågade om lillasystern Märta som varit snabbast på sextio meter och hoppat längst i hela klassen. Men egentligen kom han ihåg henne för att hon var så söt. Och för att han varit kär i henne. Märta mådde prima och jobbade som mäklare i Leksand där hon bodde med man, fyra barn, tre hästar, tre hundar, två katter och några kaniner. Familjen drev ett bed & breakfast som välkomnade hund- och kattägare – och det visade sig vara en bra affär.

Det lät helt underbart i Antons öron. Den där groende känslan av att byta liv blev samtalsämnet för dagen. De hade så mycket att prata om att de promenerade över till Tranan och åt middag. När Anton kom hem hade han redan pratat med sin stora kärlek från lågstadiet, mäklaren Märta i Leksand, och hon hade tipsat honom om ett synnerligen intressant objekt som hon skulle visa honom dagen därpå. Det fanns ingen tid att förlora. Selma trodde att han skulle träffa ett amerikanskt bolag på Grand Hôtel men istället grundade Anton med en kaffe och kanelbulle på Statoil och drog upp till Dalarna på sin Harley Davidson.

Charlie Mingus svängde i vardagsrummet och gardinerna vajade vid de öppna altandörrarna när en lätt och ljummen vindpust kom in från Dalälven.

"Titta här Selma", och så gav jag henne pärmen, uppslagen på sin sida.

> *De som är nöjda med hur världen ser ut borde gräva ned sig*
> *i en komposthög och göra sig användbara i grönsakslandet.*

Selma Björling

Selma skrattade så högt att Anton kom nedför den stora trappan mitt i Jeopardy och frågade vad som hade hänt! Hon öppnade fliken på sin plastficka och tog ut sitt handskrivna brev. Hon satte på sig läsglasögonen. Först läste hon högt.

Stockholm 19 maj 1993

Hej Alma och Felicia, jag heter Selma Björling. Jag är inte släkt med han som sjunger, men jag gillar att sjunga, gärna i duschen! Gillar ni också att sjunga?

Jag bor på Hämma gård i Leksand och hit är ni alltid välkomna. När jag kom hem en dag för nästan tio år sedan låg det rosenblad i hallen som formade en stig fram till notstället min man Anton använder när han spelar cello.

"Möt mig i Observatorielunden nu" stod det på en lapp som satt fast med en klädnypa. Jag tog mig uppför backen och hittade Anton på en filt där han förberett en picknick. Grattis på födelsedagen sa han och gav mig en tändsticksask med dalahästar. Inne låg en nyckel. Min man hade köpt en gård till mig i födelsedagspresent, han är galen!

Det är ett stort hus med massor av rum, gräs att leka på, hästar att rida på, och nära till älven där man kan bada.

Vi vill bli en jättestor familj och ni är så välkomna.

Så tittade Selma upp igen.

"Vi blev ju en familj, bara inte så som vi hade tänkt oss", viskade hon, med en aning till tårar i ögonen.

"Ibland tror jag man ska vara glad att det inte blir som man tänkt sig", sa Anton. "Charmen med livet är väl att det blir rätt bra i alla fall."

Selmas familjedröm hade uppfyllts efter att ha kraschat när hon suttit mitt emot en läkare som meddelat med vänlig röst att hon tyvärr inte skulle kunna få barn men att hon hade många år kvar att leva. *Dreams come true*, som det stod broderat på örngottet där jag vilade mitt huvud här på Hämma gård. När drömmar bytte skepnad, då gällde det att stå där med håven i hand och fånga in dem. En metamorfos från tanke via dröm till verklighet som fjärilen själv.

"Vi gjorde oss av med vindsvåningen i Vasastan, stugan i Åre, segelbåten jag och grabbarna var ute med, studion i Nice, våra Harley Davidson, Selmas Porsche och ett dussin skräddarsydda Armanikostymer. Jag sålde mina företag och lovade att aldrig någonsin slösa tid på en PowerPoint igen."

De hade gått till Stadsbiblioteket, köpt på sig böcker om hur man renoverade gamla hus, hört av sig till några snickare och så styrde de kosan mot Dalarna i en lastbil från Statoil. De kände sig friare än någonsin, ett par liv på väg mot nya drömmar.

"Och här är vi nu, med barn som kommer och går och kommer tillbaka igen. Hit är alla alltid välkomna. Jag är husmor utan att vara mamma. Nära skjuter ingen hare men det här är mitt-i-prick."

"Rädda Barnen på din farstukvist", sa jag och log.

"Ja, ungefär så. Fast utan inbetalningskort."

Det kanske fanns en gnutta sanning i tramset det snackades om i byn. Barn blev inte till på Hämma gård – men Hämma gård blev till för barn. Och här fick Selma och Anton den familj de så innerligt velat ha. Det kunde den oskrivna historien inte sätta stopp för.

"Visst älskar vi vårt liv Anton?" sa Selma.

Hon väntade inte på svar.

* * *

Jag tog kontakt med Selma knappt två månader efter Almas död. Den 3 februari, 1997. Jag hade ännu inte vant mig vid att vara ett jag i ett vi. Ett du i ett ni. Vi fanns inte längre. Allt som var kvar var bara jag jag jag. Bara jag. Det var bara mig kvar av oss. Det var bara jag kvar av vi. Hälften av ett vi, ett ni, ett oss. Ett jag som var ensammast i hela världen.

Jag förstod redan under vårt första samtal att Selma var av sådant virke som inte växte på träd. En fridlyst, unik människa. Innan vi lagt på var jag bjuden hem till dem.

Du kan stanna så länge du vill, här har vi mycket plats och vi är vana med gäster. Gäster och gäster, de är ju våra barn!

Så sa hon något jag skulle påminnas om många gånger om:

Sluta aldrig att drömma. Det är ditt liv Felicia det handlar om. Du är epicentrum i ditt universum. För att din värld ska må bra så måste du må bra. Kom till oss så pratar vi drömmar från morgon till kväll.

Selmas historia. Och sambanden. Det var inte av en händelse att vi läst om Hämma gård i Från Normandie till Nordkap inför vår resa till Hälsingland förra året. Jag ringde pappa. Ja pappa, jag skriver som aldrig förr. Tack för pennan, den är guld värd. Det var i orden som minnen förevigades för evigt.

Jag gick upp till mitt rum fylld till brädden av en ro som inte infunnit sig på länge. Tilda hade sparkat av sig täcket. Jag bäddade om henne innan jag mödosamt klättrade upp för stegen och undrade om spjälorna skulle hålla. Det knakade i fogarna. Jag drog rullgardinen lite åt sidan och såg älven bakom björkarna. En svensk sommarnatt i sin vackraste skrud. I taket satt beresta vykort från Egypten, Chile, Borås och Paris fast med häftstift. Det stod PATRIK + SUSANNE strax ovanför huvudkudden.

Jag vaknade av att det kittlade under foten. Tilda stod och fnissade med ett grässtrå i hand. Min natt hade varat för evigt, jag kände mig både vaken och pigg. En mycket behaglig, nästan ny känsla! Som alpluft till bredden i mina lungor och stärkelse i ögonlocken. Kändes annorlunda. Den där dagen i december dödade mig nästan men jag levde än idag. Jag var säker på att jag levde.

"Kom så går vi ner och äter frukost!"

Jag hoppade ned från överslafen och gled in i ett par tofflor Tilda hade ställt fram till mig. Så som mina tofflor stått på givakt i farstun hos Alma. Minnena öste över mig. Klingklonket i farstun när dörren slog emot bjällrorna.

Hennes ytterkläder som hängde på de lila krokarna. Hatten, den där fula hatten från marknaden i Gränna. Ett par gamla skor från Myrorna. Den strutformade väskan med glass i stora lass, som hon hängde över axeln så att håret doppades i vaniljen. Alma min Alma, och alla hennes idéer. Idéer som nu var till mitt förfogande. Jag levde för vår idé. Här och nu.

* * *

Doften av sommar, sommar och sol smög sig in genom det öppna fönstret. Tilda hade bäddat sin säng och sa till mig att göra det samma. Hon pekade på en morgonrock på kroken i garderoben och jag satte på mig den och knöt bandet runt midjan.

"Du pratar himla mycket när du sover, varför gör du det?"

"Gör jag!" svarade jag förvånat. "Om vad då?"

"Jag kan inte komma ihåg allt för du pratar verkligen jättemycket. Men du sa i alla fall alma ungefär femtioelva gånger."

"Är det sant? Pratar jag om Alma i sömnen?"

"Vad är alma för något?", frågade hon och kisade när solen träffade henne genom fönstret mot trappan.

"Alma var min bästa vän."

"Va, är hon inte din kompis längre?"

"Jo, men hon lever inte. Hon är död".

"Ojdå. Är hon död? Varför är hon död då? Ingen kompis jag har är död. Men min mormor, hon är död. Och min kanin också."

"Det är min också, min mormor alltså. Jag har aldrig haft någon kanin."

"Vad bra, då kan vi vara kompisar, för vi vet hur det känns när en mormor är död, som samma sak, och de kanske har träffats där i himlen, din mormor, och min mormor."

Köksbordet stod uppdukat som på en engelsk bed and breakfast. Anton agerade stjärnkocken själv med vitt förkläde och grytlappar, ugnen stod öppen och han höll i en plåt med bröd som sken hembakat i doft och form. På bordet stod en kanna fil, en stor burk sylt, en plåtburk müsli med en träslev i. Fatima viftade bort en geting med en tidning. Juiceglas och tekoppar trängdes om vartannat bredvid en trave djupa tallrikar med skedar som en solfjäder. Kaviartuber, en stor ost på väg att bli en svart pist, biodlarnas honung, äpplen, plommon och bananer kluvna på hälften. Det puttrade på spisen när havregrynsgröten närmade sig sitt puffiga klimax. Inte undra på att barnen älskade det här. Här skulle jag kunna stanna hur länge som helst.

Hela min frukost samsades om platsen på träbrickan jag fått av Tilda. Jag satte mig på altanen mellan Tilda och Fatima. *Dagens Nyheter* och *Herald Tribune* låg på bordet, ännu olästa. Dess nyheter fick vänta. Världen fick vänta. Lugnet i mig ville jag behålla för mig själv. Dessa lugna stunder när själen slöt fred var sällsynta. Fridlysta. Rör inte. Njut. Njut. Ät frukost och le.

"Åh vad det är underbart", mumlade jag.

"Ja, eller hur är det fint här, och sedan ska vi leka", sa Tilda innan hon bet i ostmackan så att gurkskivorna gled ner på altangolvet.

"Rackarns", sa hon och stoppade i sig dem. "Så gjorde pappa, innan han åkte", och så tog hon en tugga till.

Fatima log mot mig.

Min vistelse på Hämma gård unnade mig tusen års ro, tusen års sömn och tusen års hunger. Jag. Mådde. Bra. Lugn och ro i hjärtats höga berg och djupa dalar, i mig. Det som var hälften av oss. Men min hälft växte.

Var det för att dagarna kändes längre än vanligt?

Nattens timmar var utdragna som en gummisnodd runt en blombukett. Jag sov bättre. Jag sov. Jag. Sov.

Och jag hade ätit upp de kilon som fallit av mig efter Almas död. Jag tränade upp förtvinade skrattmuskler som jobbade på tills det var dags att gråta när det blev slagsida på känslorna.

Ett stort åskmoln hade blåst bort från min nattsvarta himmel. Solstrålar trängde äntligen in i min tankevärld där trasiga jalusier hållit allt inne i mörkret. Med mina glädjetårar skapades regnbågar på hornhinnan. Och vi visste ju alla vad som fanns i slutet på en regnbåge fastän vi aldrig kommit dit. Vetskapen om att skatten fanns där, det räckte. Omvärlden tinade. Det var vår i själen och knoppar började så smått skjuta fram. Dryga åtta månader. Åtta månader av oändlig saknad, och av något som jag inte kunde sätta fingret på. En resa, så skulle jag kunna beskriva det.

Men storleken på sorgen blev aldrig mindre. Kanske var det så att jag lärde mig att leva med den. Sorgen var en stor tyngd jag för alltid skulle bära med mig. Tyngden var konstant. Jag blev starkare av att bära den. Jag lärde mig att greppa den på olika sätt. Men den blev aldrig lättare. Den skulle väga lika mycket till livets slut. Jag blev starkare men det blev aldrig lättare.

"Ät nu barn så att ni blir stora och starka", sa Anton.

Det hade jag sagt till mina förgätmigejfrön dagen innan. Väx nu, så att du blir stor och stark.

Den söndagsmorgonen var den första av många frukostar på Hämma gård. Första dagen av många där jag skulle bara vara, i fred, finna friden. Med Tilda lekte jag i skogen. Vi lade pärlplattor när det regnade, var nere vid älven och badade. Cyklade och köpte glass. Låg på gräset och läste, spelade kort, hittade på hemliga språk. Åt och lagade ostpaj, fiskpinnar, rostbiff, fil och macka, potatis och purjolökssoppa. Jordgubbskräm till efterrätt, glass. Nyponsoppa med mandelbiskvier. Äppelkaka, grillkorv, Big Pack. Citronvatten, gurkvatten. Antons matiga måltider där vi alla hjälptes åt som i ett kollektiv med tre vuxna och en massa barn.

Sol, duggregn, ösregn, regn när vi badade, moln, åska. *Four seasons in one day*. Surströmmingsfest i fiskeboden nere vid vattnet och korvgrillen utanför till barnen. Helan går och skriken när konservöppnarens rostiga spets trängde in i den långt med tiden utgångna konservburken. Kvällsdoppen i älven. Den läderfärgade, lysande sandbottnen och det söta uppfriskande vattnet som aldrig kändes ljummet.

Den oåterkalleliga barndomen och sommarlovens magi här i nuet på Hämma gård. Vi lekte påven bannlyser, spelade fotboll, badminton, kastade Frisbee, plockade blåbär, klädde ut oss och gjorde roliga sketcher och satte upp en teater i bystugan i regi av Fatima som också skrivit manuset. Storyn imponerade på alla och en praktikant på Leksandsbladet skrev en artikel om den sextonåriga flickan från Afghanistan som spåddes bli ett lovande namn i trakten.

"Vad vill du bli när du blir stor Fatima?"

"Bli? Jag är redan! Regissör. Jag ska bara bli bättre på det", svarar flickan från Kabul på sjungande dalmål.

Några dagar senare kom P4 Dalarna till Hämma gård och gjorde ett reportage. På kvällen kom Fatima och undrade om vi kunde prata. Vi satte oss på en filt på bryggan och sedan berättade hon hela historien om varför hon kommit till Sverige. Hon ville ringa sin mamma och berätta att hon var lycklig.

"Jag saknar henne varje dag, jag saknar henne så. Ibland vet jag inte vad jag ska göra med mig själv. Jag önskar det vore en längtan, men det kommer alltid förbli en saknad."

Fatima såg ut över älven.

"Har du något tips?" frågade hon mig efter en lång stunds tystnad. "Du har också mist en människa du älskade över allt annat."

"När Alma dog fick jag en penna av pappa. Han sa att orden skulle hjälpa mig hitta meningar med livet. Fatima, skriv så mycket du kan. Med ordens och sagornas hjälp kan du få vad som helst att hända."

Kvällen blev natt, en svensk sensommarnatt, som blev morgonen då det var min tur att säga hejdå till alla barnen som ställt sig på bron för att säga adjö. Som ett gammaldags familjefoto. Tilda hoppade in bredvid mig i baksätet och knäppte på sig bältet.

"Jag tänker följa med dig".

Jag satt som Julia Roberts med en stor klump i halsen, tårarna rann när jag vinkade till alla barnen som sprang efter oss när vi åkte iväg. Selma hade blinkersarna på och tutade hejvilt, sträckte ut handen ur takluckan och vinkade. Vi åkte genom de ståtliga björkarna, de tolv på varje sida jag räknat när jag åkte igenom här första gången. Vi tog ut på den lilla skogsvägen, åkte över bron, och styrde kosan mot stationen. Det var tyst ända tills vi kom fram.

På perrongen där tåget snart skulle komma in från Mora och fortsätta mot Stockholm kramade jag om Selma länge. De anropade att tåget var sex minuter försenat. Vilken bonus.

"Tack, du är en ängel."

"Goda människor ser änglar. Jag är stolt över dig. Och jag lovar att vattna på förgätmigejen eftersom det är lite torrt nu."

Tilda drog mig i kjolen.

"Jag tänker följa med dig".

Jag kunde ingenting säga, för allt hopade sig i luftstrupen.

"Är vi bästa kompisar, fastän du åker nu?"

"I hela hela världen."

"Men vi får inte dö."

"Nej Tilda, dö ska vi inte göra."

Jag lyfte upp Tilda. Hon skakade mellan snyftningarna.

Tåget lämnade Leksand. Någonstans mellan Säter och Hedemora torkade Tildas tårar på min klänning.

New York Maraton 1997

En inch i taget närmare målet

Jag slussar tankar, K-märker minnen, tar beslut. Tänker på tidiga morgnar när jag är ute och tränar. Turerna kring Hämma gård och utmed strandpromenaden i Barcelona.

Träningsvärken och de gånger jag våndas över vilken utmaning jag tar mig an. Både vill och inte vill ta mig ur. Tårarna när jag tänker att det kanske kommer gå. Tänker på Alma. Alma. Alma. Hon är med mig flera kilometer av tanketrådar. Då och då märker jag att jag springer länge och långt utan att tänka alls.

Tomgång, tomspring.

Alla röster, alla miljoner fotsteg på asfalten. Musiken. Tåget som rasslar över bron jag springer under. En och en annan siren när någon kollapsar och behöver läkarhjälp. Jag vill spela in mitt maraton. Ha en liten mikrofon i fickan som tar upp all kultur och alla nu:n jag svischar förbi. Mitt eget maraton soundtrack.

Om New York maraton är en Broadwaymusikal så är dess mest hjärtskärande scen den som utspelar sig på Queensboro Bridge. Just nu. Live. En man, i rullstol, tar sig än så långsamt upp mot brons högsta punkt. Baklänges. Han får fart genom att trycka ned högerfoten i asfalten och skjuta ifrån. En push, en inch närmare målet. Hans maraton är ett lopp i centimeter räknat.

Fyra miljoner.

Barcelona, september 1997

På fönsterplats mot Rosana

Sex år tidigare satt Rosana Mundi på ett café i Barcelona. Bredvid hennes *café con leche* låg en pärm. På väggen intill dörren satt en anslagstavla. På stolen framför henne satt en god vän som var på väg till Påsköarna. Alla goda ting var tre.

* * *

"Jag vill höra allt om dig och Alma," sa Rosana när vi satte oss vid hennes runda bord. "Sen ska jag berätta allt som hände mig efter pärmen."

Innan jag hunnit berätta klart och svarat på alla frågor hade många timmar gått. Någon gång under historiens gång lämnade eftermiddagen över stafettpinnen till kvällen som skickade den vidare till natten som gick i mål innan gryningen hann fram. Vi hade lyssnat på varandra, stundtals med en vagt soundtrack som påminde om jazzen hemma hos Anton och Selma. Och långt senare hade vi fortfarande suttit där och pratat. Pappas näsduk var våt. Serrano skinka, tomater, olivolja, salt, ett par ostar, och en baguette hade blivit mindre och mindre ju mer vi bröt.

"Så det var därför du bestämde dig för att åka ut och resa", sa Rosana. "Det skulle jag också ha gjort."

Jag hade flugit till Barcelona på rad femton, E, en fönsterplats.

När vi gick in för landning såg jag hela staden under mig. Planet gjorde en vända ut över Medelhavet och svängde tillbaka medsols. Med naturens kraft trycktes jag lätt mot fönstret. Långt nere under mig skymtade jag staden. Rader av hus separerades av gator, simbassänger, fotbollsplaner. Bergen i norr, det klarblå vattnet med sin strandremsa, båtar och vita gäss som flöt fram emot sanden. Parasoller och trampbåtar som konfetti.

Det kändes främmande och underligt att vara där för första gången för innan jag ens hunnit sätta sandalerna på den varma asfalten kändes det som att jag varit där förut. Som om vi aldrig träffats för första gången. *Mi casa es tu casa*, viskade hon, Barcelona.

Jag lämnade bagagehallen och passerade genom *la salida*. Ett par unga poliser följde mig med blicken. Dörrarna öppnades och ett medelhav av människor stod och hängde över staketet som separerade oss som anlände och dem som var här för att hämta oss. Dem. Ingen var här för att hämta mig.

Hur skulle det bli när jag åkte till Sverige nästa gång?

Kanske bättre att jag flög till Bromma?

Var så rädd för den där ensamheten som väntade i ankomsthallen på Arlanda, som iskall frätande lava skulle den ta kål på mig. Livet utan Alma tog på mig, tog på krafterna, gjorde sig påmint titt som tätt. Likt en sårskorpa som revs av innan såret läkt.

Här och nu ett inbjudande, kontinentalt sorl. Det ihåliga klonket när assietter ställdes ned på bardisken av vana servitörer. Trivselkänslan vreds upp på max. Jag levde, jag nöp mig i armen. Jag levde här och nu i ett här och ett nu som bara fanns här och nu. Som efter ett ögonblick förvandlades till där och då.

Systrar i söta klänningar sprang runt och mor- och farföräldrar i matchande söndagskläder försökte hänga med. Ståtliga män kysste vackra kvinnor. Män kysste män. Kvinnor kysste kvinnor. Kindpussarnas paradis. Kusiner, bröder, systrar, släktingar och kompisars glädjeskrik när de såg de sina som äntligen kom hem från utbytesår och bröllopsresor, med nyfödda bebisar, fruar och flickvänner.

Jag behövde komma ikapp min egen farkost. Jag hade både all tid i världen och kanske ingen tid alls – beroende på vad ödet hade i sin öppna famn. Jag vägrade att gå ödet till mötes så jag satte mig i baren för att inte gå miste om detta skådespel. För det var vad det var, Barcelonas flygplats. Ett myller av statister i det minnesrika nuet där jag spelade huvudrollen i min film och min värld.

En elegant man i mörk kostym och med *El País* under armen satte sig på den lediga barstolen bredvid mig. Han såg sig om och beställde *un café solo*, log mot mig och höjde ögonbrynen när han svepte kaffet. Kanske var det en pappa som väntade på sin dotter. Två generationer som snart skulle återförenas på flygplatsen.

Hur mådde pappa mån tro?

På vilket bibliotek befann han sig?

Vilken bok låg öppen framför honom, eller upp och ned om han var ute och tog en espresso?

Vilka tankar blev anteckningar?

Vilka anteckningar blev till nya kapitel och böcker?

Jag ville tacka pappa för övertygelsen att hjälparna skulle hitta mig. Att det var en gåva att vilja skriva. Min dagbok följde mig i vått som torrt. Alltid hade jag den med mig. Utan den kände jag mig... ensam. Skrev jag inte på några dagar så kunde jag känna det fysiskt. En stress, något inuti mig som mullrade på låg frekvens, något som fattades mig. En inombords jordbävning, en naturkatastrof som kunde förebyggas med mina egna ord. Bokstäver på pränt som blev till ord, meningar, sidor, och så började jag om på nytt. En ny dagbok.

Hur många var det nu?

Flera hundra. Alla olika. Alla utan linjer. Alla uppradade från 1 till 212 i mitt rum i London. Nu skrev jag i nummer 213 och den var fylld till bredden, det svarta gummibandet började ge vika.

Jag stod där, ännu en port, ännu något nytt som väntade på andra sidan. Värmen stötte in i mig som en tryckvåg. Palmerna och de gulsvarta taxibilarna och alla turister. Jag kände mig mer och större än så. Jag var en äventyrare och upptäcktsresande i pärmen Columbus fotspår. Ny i staden som tog emot honom efter resan till Amerika med La Santa Maria 1492.

Flygbussen till Plaça Catalunya körde utmed en motorväg som skar igenom en till början glesbefolkad landsbygd kantad av berg i utkanterna av staden. Trafiken blev tyngre och långsammare ju närmare stadskärnan vi kom. Killar åkte moped med tjejerna där bak, brunbrända ben och händer runtom vältränade magar. Jag såg ett moln av duvor svepa in och ta plats intill fontänen där en man satt på en pall med sina heliumballonger som en uppochnedvänd vindruvsklase. Ballonger, det hade Alma haft med sig när hon hämtade mig för sista gången någonsin på Arlanda för snart nio månaders sedan. Så som de sista julklapparna hade hon sökt med ljus och lykta för att hitta ballonger och tulpaner. För det var ju så hon var, Alma.

Nej, varit. Så hon varit. Men bara för att hon varit betydde det inte att allt hon gjort inte längre kunde vara. Ta vara på och förvalta, det var det vi kunde göra nu när Alma inte fanns. Det var vår enda skyldighet.

Människorna som alltid samlades på stora torg, de som sålde, de som köpte och de som sökte, de fanns här de med. Stad som stad, *plaça* som *plaza*. Det var fortfarande varmt trots att september redan knackat på.

Jag vandrade gågatan Portal de l'Àngel ned mot havet där den ena skoaffären efter den andra bjöd på några meters luftkonditionering och billigt potpurri som kittlade i näsan.

Långt upp på fasaden skymtade jag en termometer som visade 29 grader. En kille spelade gitarr, en pajas jonglerade, en grupp dansanta herrar försökte animera publiken. De skickade runt en hatt som fylldes med pesetas. Jag ställde mig och tittade ett litet tag, såg mig om i 3D. Mina sinnen gick arkiv, öppna, och i nya dokument registrerades intryck som sedan sparades för evigt i en mapp som hade arbetsnamnet Pärmen.

Jag vände mig om och lät blicken sväva upp mot de skogbeklädda bergen långt ovan staden som likt en tunn bård separerade metropolen och himlen. Ögonen fastnade på ett stort hus med tak som en hatt på sned. Ovanför dess tegelpannor fanns bara som av stärkelse förstelnad blå himmel. Konturerna var skarpa som rakblad och påklistrade på bergskanten.

Vem bodde där?

Jag fortsatte i riktning ned mot vattnet men kunde inte släppa huset på berget. En amerikansk familj frågade om vägen cafét Els Quatre Gats där Picasso hängt både personligen och tavlor i slutet av 1800-talet. En man pekade in mot vänster och familjen svängde in på en gränd. Jag skymtade den majestätiska Catedral de Barcelona med sina tårtpappersmönstrade torn. På trappan satt människor och småpratade, en kvinna med långa flätor gick runt och sålde AIDS-broscher. Röda korta band vikta på hälften med en säkerhetsnål rakt igenom.

En äldre man i grått skägg satt och vilade i skuggan med strumporna på tork en bit bort i solen. Jag låtsades att det var Antoni Gaudí som promenerat hit från bygget på La Sagrada Familia, innan han blev påkörd av en spårvagn, så smutsig och fattig att ingen kände igen honom, så obetydlig i stunden att ingen hjälpte honom att få vård. Långt senare förstod de att det var mästaren själv som var skadad. Han protesterade, han ville inte komma till ett bättre sjukhus, han ville hellre dö med de fattiga för det var med dem han hörde hemma.

Vad tänkte Alma när hon blev påkörd?

Hann hon tänka?

Hann hon uppfatta att hon skulle dö?

Såg hon livet spelas upp som en film?

Hur slutade den filmen?

The End?

Och vi som levde kvar. Vi som inte rycktes bort för alltid. Vi som inte begravdes. Vi som inte dog, varje dag. Vi som samlade lite mer bildmaterial innan dödens filmpremiär rullade igång inför en allena åskådare. I döden var man ensam. Den där skyldigheten att leva vidare. Den där skulden att få leva vidare.

Varför hon och inte jag?

Varför Gaudí och ingen annan?

Varför alla de som dog och alla andra som levde?

Ett liv var ett liv, som började och slutade. Man gjorde vad man kunde, ville, orkade och hann med. Det man gjorde under sin livstid, det levde kvar endast om de som levde kvar förde det vidare och förvaltade ett liv som var dött.

När Gaudí avled så tog eldsjälar över, arkiverade hans ritningar, fortsatte bygga, öppnade museum, skrev om honom i läroböcker, anordnade konferenser om arkitektur och bjöd in världsnamn som trycktes på planscher med hans verk. Så berättades historien. Av andra. Och en annan saga berättades av mig, och dem som kände henne. Den om Alma. Alma försvann inte, bara för att hon var borta. Jag skulle göra det jag kunde för att hennes minne skulle bevaras levande i all evig tid. Hennes liv var inte till spillo. Tack vare en skäggig gubbe som utplacerats utmed min stig i skuggan på en trappa blev Gaudí ännu en tegelsten i mitt sorgearbete. Ännu en bit på vägen, upp mot skyarna, närmare Alma.

Min *stairway to heaven*.

Jag korsade Via Laietana och det mytomspunna området Barri Gòtic. Slitet men här grodde något som förfinade det ruffiga. Stadsdelen stod på tröskeln att bli populär och dyr. Jag vandrade igenom urinstank och marijuanapuffar. Någon som stängde till sin affär inför la siesta drog ned jalusierna med ett rasslande dån. En grupp turister pratade om Picasso och tog in på en liten gata. Helt salig vandrade jag gatan fram. Räknade snygga människor och var uppe i flera hundra och jag var förälskad i varenda en och allt runt omkring mig. Det var dubbeljackpot när de höll varandra i hand.

När jag kom ned till kyrkan Santa Maria del Mar var det bara att traska över torget så var jag framme vid Rosanas lägenhet. En brud med en cigg i hand på kyrktrappan väntade på en limousin som skickligt snitslade sig fram mellan trånga hörn och strosande turister. Intill porten på Plaça de Santa Maria 4 tog jag fram lappen jag hade i handväskan och plingade på tredje våningen.

"*Sí?*" svarade en kvinna i växande tonskala.

"*Hola, soy Felicia*", svarade jag. "*Estoy aquí.*"

Här och nu var jag här, och nu.

"*Felicia! Pasa pasa!*" – kom upp! – och så sprakade det till i apparaten, ett gällt pip som signalerade att dörren var öppen.

Trappan upp var snäv och vind och gick motsols. Jag höll mig i den kalla relingen. TV-apparater stod på, en rökrostig röst ropade på Tiago och en telefon ringde utan att någon svarade. Dörren stod öppen när jag kom upp.

"Felicia! Välkommen!" ropade Rosana och omfamnade mig. Jag fick två stora pussar på kinderna och innan jag hunnit säga mer än hej vad kul att se dig, jag menar träffa dig för första gången, så hade hon fått ur sig samma sak och mycket mycket mer därtill.

Balkongdörrarna stod öppna, staden flöt in så vant som om den var inneboende. Så trivsamt med bjälkar i taket och det lilla sovrummet in mot gården där jag skulle sova, bredvid Isabellas rum med många bilder på mor och dotter. På stranden, på hästryggen, på baletten, på vandring ute i skogen. Isabella var hemma hos mormor i Òdena en timme utanför Barcelona. Isabella älskade att vara där. Hon lekte med hästarna, hundarna, katterna, kusinerna och grannarna. Hon påminde så om Alma, och om Tilda! Ungefär lika gammal som när vi kom på att vi skulle bli en Columbus som reste runt världen utklädd till en pärm.

Så som Tilda i Dalarna blev Isabella ännu en förebild och idol för hon var precis det jag var och det som aldrig skulle bli det samma någonsin igen. Nostalgin slog ner som blixten i solar plexus.

* * *

Rosana hade bäddat för mig i ett sparsamt inrett gästrum med virkat vitt överkast, nattygsbord, en lampa i taket med en broderad gräddvit duk som hängde över skärmen och en Joan Miró-plansch på väggen. Trägolvet sluttade, breda plankor, fönstret stod på glänt. Ute hängde grannens kallingar, jeans och skjortor. Balkongernas blomkrukor svämmade över i rosa och rött. En ung brunbränd tjej med hår ner till midjan vattnade blommorna några lägenheter bort. Hon vinkade, jag log, hon nickade, jag rodnade. Jag vände ansiktet upp över detta paradis av en stad mot en himmel som var blå blå, klarblå.

Efter att jag packat upp mina grejer och lagt in allt i byrålådan och garderoben gick jag in till Rosana som stod i köket och gjorde i ordning kaffe.

"Nu Felicia, nu vill jag höra allt."

Vi satte oss en stund som blev till många minuter och timmar.

"Vi tummade på att vi skulle åka ut och resa. Men så dog Alma. Jag försökte få tag på alla som lagt något i pärmen. Det blev ni fem till slut. Och här sitter jag nu, med dig här i Barcelona."

"Min Isabella får du träffa när hon kommer hem från mormor. Hon trivs så bra där ute i naturen, hon älskar att vara där på sommaren."

"Ja, jag älskade sommaren när jag var liten också. Den är så förknippad med Alma, sommaren."

Hon såg mig i ögonen länge, men sa ingenting.

"Vänta lite, jag ska hämta en sak", sa jag och så gick jag in på mitt rum.

I ryggsäcken, inlindad i samma tygpåse som när Yuzuki skickat den till oss, låg pärmen. Min reskamrat.

"Titta Rosana", sa jag, och lade den på bordet.

"*Madre mia*", viskade hon. "*Madre mia.*"

Rosana och pärmen. Hon satt i köket, lugn, tittade ut genom fönstret. Hennes blick gick balansgång på hustaken. Jag lade handen på hennes axel, sa god natt, och gick in till mig. Klockan var halv tre när jag bäddade ned mig med stadens liv utanför mitt öppna fönster.

Klockan visade 4.56 när jag slog upp ögonen och kände doften från bageriet på gatuplan. Jag hörde höga klackars steg och småprat nere på gatan. En moppe åkte förbi, sedan sopbilen. Det var en häftig metropol i stark kontrast till tystnaden på Hämma gård. Jag hade hoppat hage mellan välkomnande världar.

På köksbordet när jag steg upp några timmar senare väntade en papperspåse croissanter och ett glas färskpressad apelsinjuice. En uppochnedvänd assiett skyddade det från flugor. Jag satte på radion och ett par debatterande damröster fyllde rummet. Grannarnas TV stod på och kyparen på torget bar fram stolar och bord. Mopederna flög genom plaçan, duvorna bredde sina vida vingar upp mot hustaken. Rosana och jag, vänner för livet redan första kvällen. Som om vi aldrig träffats för första gången. Jag gissade att hon var ungefär 35, hon hade levt dubbelt så länge som jag.

"Jag ska bara göra några *bocadillos*" – baguetter med pålägg – "så är jag klar. Jag vill visa dig vad pärmen hade med sig i sitt kölvatten."

Det hade gått sex år sedan hon skrev JUST DO IT ROSANA med röd spritpenna på slutarbetet från sista året på arkitektlinjen, vek ihop A3-arket och lade det i pärmen. Senare samma dag satt hon och väntade på en kompis som skulle åka på semester till Påsköarna. Han var sen så hon hade gått ett varv och hittat anslagstavlan där det satt en lapp om att en firma i närheten sökte folk till ett renoveringsprojekt: En marknad i El Born skulle göras om till restaurang. Allt föll på plats. Rosana kände sitt kall och i samma stund kom kompisen in genom dörren. När de tog farväl senare på kvällen hade han pärmen med sig som skulle packas ner i en resväska inför stundande resa till Påsköarna.

Året var 1992 och snart växte både ett liv och en dröm inom Rosana. Det positiva graviditetstestet som låg och log mot henne på tvättstället blev en Isabella och drömmen blev en omstart. Rosana tog sin röda Seat som bar spår av många år av fickparkeringar till baren där hon jobbat i tre år. Hon sa upp sig. Utan att tveka körde hon vidare till kemtvätten och lät hälsa till Maria Teresa att hon hade fått nog av att stryka skjortor. Hon skulle aldrig komma tillbaka. Sedan körde hon till byrån som sökte folk till renoveringsprojektet och sökte jobb.

"Vad hade jag att förlora? Så jag fick jobbet."

Konceptet på El Mercat – marknaden – var enkelt. Gästerna valde från grönsakerna som fanns för dagen och så snodde kocken snabbt ihop en soppa på det, serverat med en bit bröd och vatten. Ett par år efter succén startade Rosana eget. Hon hade jobbat med barer, butiker, restauranger och butikshotell men ville kunna styra mer själv. Affärsidén var att restaurera hållbart genom att alltid behålla den äkta känslan av Barcelona, använda enbart miljövänliga material samt att jobbet skulle göras av personal från trakten.

"Huset jag ska visa dig byggdes 1925 och vi ska göra om det till ett hotell. Mycket har skett där under årens gång, det har bland annat varit ett sjukhus."

Sex år tidigare hade Rosanas liv tagit en ny vändning tack vare ett power message till sig själv på ett hopvikt A3-ark samma dag som hon läst på en anslagstavla att de sökte folk till ett projekt hon ville jobba med.

A3-arket återfann hon i pärmen när vi satt och pratade kvällen innan. Jag gjorde mig i ordning och undrade vad för hus vi skulle till. Jag som älskade gamla hus. Selma och Anton älskade gamla hus.

Var gamla hus en gemensam faktor bland oss i pärmen

Med siktet inställt på Carretera de Vallvidrera al Tibidabo lämnade vi Barri Gòtic bakom oss och åkte genom Eixample, Sant Gervasi, Les Tres Torres och Sarrià dit välbärgade Barcelonabor hade åkt med häst och vagn tidigt nittonhundratal för att njuta av somrarna borta från stadskärnan. Vi vek in på en sluttande väg som snart slingrade sig upp genom Barcelonas blyga berg likt en schweizisk serpentinväg. Jag kände mig så utvald där jag satt i passagerarsätet, med kikaren hängande runt halsen. Ingen annan i världen satt där jag satt nu. Jag hade hela staden på min sida medan Rosana skyddades av bergen utanför sitt fönster.

Jag fantiserade att jag var en fågel som landade på olympiastadion innan jag flaxade vidare till La Sagrada Familias tinnar och torn för att sedan doppa fötterna vid Medelhavets strand, smaka sältan när jag pickade näbben i vattenbrynet. Sedan flög jag vidare, vilka vyer uppifrån! Byggnader som stod raka i ryggen och konverserade med varandra när jag loopade runt emellan dem och kvittrade *buenas tardes*. Gamla, slitna, nyrenoverade, moderna hus med historier som satt i väggarna och jag som flög fritt och galet, glatt och obestämt. Jag hade fått luft under vingarna! Jag levde!

"Nu börjar vi närma oss. Bara några svängar till så är vi framme."

En långdans cyklister susade förbi på väg ned mot staden. Det gick snabbt i kurvorna.

"Du sa inte att det nästan var ett slott!"

Vaktmästaren Atanasio som Rosana bestämt träff med kom bärandes på en hink. Han vinkade glatt och släppte in oss genom grinden som likt berlocken på en halskedja utgjorde den enda öppningen in. Rosana parkerade intill Atanasios moped och låste in radion i handskfacket. Huset låg skyddat i en innerkurva och grönskan gjorde sitt för att kamouflera första plan. Ovanför sträckte sig sex våningar grå fasad. Av de yviga häckarna att döma skulle trädgården behöva mycket kärlek framöver.

Varför hade huset lämnats till sitt dystra förfall?

Jag tittade upp mot himlen och bländades av solen.

"Du kommer i rättan tid om du vill se huset innan renoveringsarbetet börjar," sa Atanasio. "Om ett par veckor kör de igång."

Vildvinet härskade utmed fasaden. Gardiner från före detta ägare fladdrade i vinden. Atanasio visade oss in i hallen.

Alice i Underlandet?

Vad var detta för ställe?

Och vem hade byggt det?

Varför stod det dött och öde?

Sammetsgardiner som hängde från taket touchade än så fjärilslätt den slitna parketten. Fönstren var igenspikade med plywoodskivor men solljuset smög sig in genom springorna och ritade långa ränder som kroknade i klackars dansanta spår. Det gnisslade i gångjärnen på de höga glasdörrarna när vi gick mot den stora hallen på andra sidan.

I ett hus som detta kanske det kallades vestibul?

Utmed väggen stod en gammal bardisk. Enligt Atanasio hade Ernest Hemingway, Pablo Picasso och Salvador Dalí hängt här med patroner, godsägare och sällskapsdamer vars fylliga bystar nästan svämmat över. Likt drinkarna i baren. Det dracks molnig absint – malörtslikör! – och röktes pipor medan kabaréfolket bytte om inför andra akten i den lilla teatersalongen intill.

"Är det inte helt fantastiskt", sa Rosana. "Jag är så glad att du får se det i sitt nakna jag innan vi sätter igång med renoveringsarbetet! Jag undrar om det någonsin blivit så här om jag inte fått pärmen från den där greken jag träffade på en utställning i Figueres."

Och hade det inte blivit detta så säkert något annat, minst lika bra, tänkte jag.

Trädgrenarna rörde sig i den orytmiska, ologiska vinden. Intill en trätrappa som vandrade upp genom huset stod hissen och gapade tom på bottenvåningen, som om den fastnat dödstrött mitt i en gäspning.

Vem var sist att trycka på dess knappar?

Från vilken våning hade sista resan gått?

Vi tog oss upp för trappan, en våning i taget. Det satt rumsnummer kvar på en del dörrar på tredje våningen.

"Vem tror du bodde här?" frågade jag och knackade på rum 67. "Room service."

En byrå med en pigtittare var det enda som lämnats kvar där inne. Den stod så ensam på golvet, som om den sökte sällskap. På baksidan av ett gammalt passfoto skrev jag *Felicia Fanny Äng was here* och lade in det i lådan. Jag stängde dörren om mig och fortsatte utforska.

Rosana sprang ned till Atanasio som behövde hjälp med en leverans. Våningarna blev ljusare ju högre upp jag gick i trappan. Närmare himlen hade ingen spikat igen fönstren. När jag nådde översta planet – sjätte våningen – utforskade jag varenda skrymsle och vrå tills jag hittade en dörr som ledde ut på en takterrass med en panoramavy så stor i sin storhet att jag blev helt häpen. Jag lade en planka i dörren så att den inte skulle gå i baklås.

Barcelona låg trygg mellan hav och berg och med Jesus vakande över henne från kyrktaket på Tibidaboberget.

Vakade någon över mig också vart jag mig i världen vände?

Såg till mig som liten var?

Vems händer stod min lycka i?

Lyckan som kom, lyckan som gick. Ville så att lyckan skulle stanna hos mig ett tag till. Jag kände den, varm i själen som en surrande humla. På den humlan satt Alma och log.

Här och nu och där och då aktiverades alla mina sinnen. De jag hade kvar och de som förtvinat. Skriken från nöjesfältets karuseller blev min pacemaker. Ilskna hundar som vaktade grannhusen gav mig hörseln tillbaka. Vindens doft, dörrarna som slog i vinden, den knottriga muren där min hand låg och kände husväggarnas historia. Jag vaknade upp ur en dvala som hållit mig fången med sin fotboja sedan den 22 december förra året.

Jag hade gått ner för landning på Felicia Fanny Äng Airport och kommit ikapp mig själv på ett hustak i Barcelona. Det var länge sedan sist. Vad jag kunde minnas träffades jag och själen senast sekunden innan Almas dödsbud. Sedan dess hade de hållit sig på olika håll, ointresserade av ett möte. Det var evigheters evigheter sen. En annan tid, ett annat jag. En annan glädje. Då glädje fanns i sin helhet, utan kompromisser. Och utan tårar som föll likt regn från klarblå himmel.

Rosana kom upp på taket och så satte vi oss på den mörkröda kaklade takterrassen och skalade av folien på våra medhavda *bocadillos* – baguetter med *jamón serrano* skinka, potatisomeletten *tortilla de patatas*, grundade med ett tunt lager tomat, vitlök, salt och olivolja. Att vi känt varandra i mindre än ett dygn var både obetydligt och underbart.

Det var min första av många oförglömliga dagar i Barcelona med dagsresor till närliggande smultronställen. Alla unika, alla i pärmens kölvatten.

* * *

"*Boarding* 12.40", sa kvinnan som checkade in mig. "*Feliz viaje.*"

Trevlig resa.

I armkrok mellan natten och dagen kom den sista soluppgången i min nya favoritstad till slut. Jag gick mot passkontrollen. Långsamma steg.

I baren där jag tagit min första kaffe satt en vacker kvinna och väntade. Jag fick ett leende tillbaka.

Uppe i luften över Atlanten, oktober 1997

Mot det stora äpplet

När planet nådde cruising altitude öppnade jag brevet från Rosana. Pausade titt som tätt för att spara på känslorna. Jag tittade ut genom fönstret och såg havet långt ned under mig. Columbus hade kommit tillbaka till Barcelona efter upptäckten av Amerika och välkomnats av kungaparet på Plaça del Rei. Jag hade plockat upp stafettpinnen för att fortsätta min resa mot mina egna upptäckter. Jag seglade vidare, högt upp i det blå.

Te quiero volver a ver, sa Rosana till mig på Plaça Catalunya innan bussen kom. Jag vill träffa dig igen hade långt större betydelse än så. Det var min egen kärleksförklaring till staden jag lämnat några timmar tidigare.

Varje gång jag slumrade till bäddades jag in i djupa havs drömmar. Jag färdades fram över vattenmassor, ryckte till och slog upp ögonen. Vi hade rört oss några kilometer till, västerut. Under mig tusentals meter luft, och sedan vattenmassor utan dess like. Jag kunde bara inte förstå hur världsalltet fungerade.

Hur kom det sig att under tusentals år kunde bara fåglar flyga, men så en dag gjorde vi människor det också?

Varför blev en prick vi kallade månen plötsligt tillgänglig?

Varför dog Alma?

Där befann jag mig igen.

Frågetecknet hängde på näthinnan.

Fet stil, Times New Roman, storlek 96.

Det skrämde mig att jag aldrig någonsin skulle kunna radera det, svara på frågan, bli av med fjången överst så att bara punkten längst ner blev kvar. Sätta punkt på mina frågetecken. Av livets alla frågor var Almas bortgång det mest obegripliga. Jag vred och vände förgäves och borta skulle hon alltid vara.

Bara minnen vi aldrig fick glömma fanns kvar.

Förgätmigej, säg mig, när ska du blomma utmed husväggen på Tibidabo?

Kommer de små blå blommorna som solrosorna vända sig mot solen?

Kommer de luta sig mot fasaden och blicka ut över Barcelona?

Kommer de bli vän med vindruvsrankan?

Havet under molntäcket skiljde dået i Barcelona och nuet som inväntade när jag steg av planet. Ett hav som jag seglat uppe i det blå. Äntligen gick vi ned för landning.

New York Maraton 1997

Del 3 av 6

Det blir aldrig lättare

Jag flyter förbi löpare som om jag hade fjädringar i sulorna. Tänker på mina kompisar lite här och där som följer mitt lopp steg för steg. I realtid ser de när jag passerar 5 km, 10, 15, i New York. Jag springer igenom kvarter på kvarter och stundtals genom den ljumma stanken från bajamajorna där killarna kissar och tjejer står i kö. Att det luktar likadant världen över. Kavlar upp ärmarna, kutar vidare, håller ett öga på klockan var femte kilometer och märker att mitt tårttänk fortfarande håller bra. Här bränner jag kalorier.

Och så anländer jag äntligen till First Avenue. På Manhattan, en oändligt lång och spikrak transportsträcka i nordlig riktning. Snudden på hundra kvarter att springa, med ben tunga som bowlingklot. De bär mig, men jag undrar hur. Framför mig ett brett fält av guppande huvuden. First Avenue, den oändliga första avenyn. Höger vänster höger vänster höger vänster. Detta oändliga tramsiga tramp.

Trettio kvarter kvar, fyrtio?

Är glad att mina skosnören inte går upp, att det inte finns några knölar i strumporna, småsten i skorna.

På 27-kilometers skylten kan det lika väl stå Helvete. Jag vill hyra ett par nya ben så som man hyr skidor. Undrar om man kan beställa en ny kropp på Body Shop. Undrar om det finns en i närheten och hur lång leveranstiden är! Jag vill kräkas. Jag vill stanna. Jag vill lägga av. Jag vill komma fram. Alla dessa obotliga kontraster som snurrar i huvudet. Tror ett tag verkligen att nej, det här går inte, jag lägger av. Men så lyckas jag passera 30 km. Tre mil. Trettiotusen meter. Nu är jag ute på ny mark. Aldrig har jag sprungit en längre sträcka. Det känns i huvudet att kroppen klarar sig hittills. Men jobbigt är det, fortfarande, och det kommer inte bli mindre vidrigt än så här.

Spring Street, New York. November 1997

Hemma hos Mrs Hewson

Mrs Hewson var vacker. Garderoben var till bredden full av finkläder som hon varsamt valde ut varje kväll och hängde upp på en krok på dörren innan hon gick och lade sig. Alltid ett halsband till, som hängde slött runt galgkroken. Papiljotterna lät hon sitta i under frukosten, täckt av en blommig sjal hon knöt bak i nacken. En gång i månaden gick hon och fixade alla tjugo naglar. Vigselringen blänkte. Hon var förälskad i livet, och det liv hon haft. Som tjugofemåring flyttade hon till Afrika inför sin mans första utlandsuppdrag. Nu bodde Mrs Hewson ensam i en lägenhet på Spring Street där jag hade kvartat sedan jag kommit till New York tre veckor tidigare.

Resan från JFK gick via Grand Central där jag sög in atmosfären i en pipett och dumpade stoffet i hjärnans petriskål för att då och då kunna blanda till en grogg. Den stora vestibulen under himlavalvet, knutpunkten där tusentals världar och blickar möttes varje dag. En liten flicka tappade greppet om snöret på sin ballong och började gråta otröstligt. Ballongen seglade upp, långsamt men bestämt, den visste att den ville flyga. Vaggade lite som en långsam samba. Jag följde den lilla flickan med blicken tills ballongen fann ro i stjärnhimlen. Nu blev Alma glad, tänkte jag.

Vem gillade inte ballonger?

Väl framme på Spring Street tog jag fram min resedagbok och när jag stod och sökte efter Mrs Hewsons exakta adress så kom en man och frågade om jag behövde hjälp.

"Jag är på väg till min vän Mrs Hewson, jag har hennes adress här…" började jag.

"Felicia, vilket sammanträffande", sa mannen och räckte fram handen och presenterade sig.

Victor Hewson, son till Mrs Hewson. En stilig man i femtioårsåldern, lite av en dandy med dov, manlig doft och en röst i moll. Jag blev generad, fann inte orden, det var som om jag träffat Robert Redford. Victor erbjöd sig att bära min väska och jag släppte taget utan att tveka.

"Kom så går vi, mor bor en bit bort."

Vi promenerade ett par kvarter, gick in genom en port och tog oss upp till andra våningen. Att Mrs Hewson fortfarande tog sig upp den vinda trappan var mig ett under.

"*Mother, happy birthday*", ropade Victor i dörren, "jag har med en present till dig, utöver blombuketten med dina älskade tulpaner du får varje år".

Jag blev våt i ögat när Mrs Hewson kom emot mig, lite lätt haltandes med en blommig käpp i hand. Jag hörde sorlet inne i lägenheten. Här var det fest. Hon hade knytskor med liten klack, så vacker i sin festdräkt och med ett spänne som höll tillbaka det lockiga askgrå håret.

Hon lade sina händer på mina axlar och såg på mig länge. Mina ögon pendlade mellan hennes. Det fanns något magiskt hos henne, hon surrade historia. Den här kvinnan hade levt ett liv, ett långt liv, få förunnat.

"Felicia, att du är här. Så som jag har sett fram emot det. Vilken födelsedagspresent. Du får stanna hur länge du vill, det är bara att flytta in i Felicitys rum, hon är i Indien och kommer inte tillbaka förrän i vår."

"Tack så mycket. Då kanske det blir jättelänge, jag kanske flyttar hit till och med!"

"*Be my guest darling*", skrattade Mrs Hewson.

Jag hade klivit över tröskeln in i ett levande hem. Mrs Hewson serverade champagne och mandeltårta och blombuketterna var många och generösa. Kort och brev från när och fjärran stod uppradade på presentbordet. Vänner hade hon gott om Mrs Hewson. Jag hann knappt ställa in ryggsäcken i mitt rum förrän hon tog min hand och presenterade mig för alla som var där. De var upp emot sextio gäster, en färgstark blandning av änkor, bibliotekarier, professorer, botaniker, författare, diplomater, konstnärer, musiker, poeter och skådespelerskor. Så ville jag åldras, bland goda vänner. Var jag än befann mig så var det bland vänner jag ville vara.

Min vistelse i New York började alltså festligt med en kär väns åttioårsdag, tårta och champagne i glada vänners lag. Det fanns fortfarande spår kvar av konfetti i lägenheten och blombuketterna stod i honnör på bord och fönsterbräden.

Två veckor senare sprang jag mitt livs första maraton. Ett minne för livet med metaforer som nya steg i sorgearbetet. Varje dag avnjöt jag många givande samtal med Mrs Hewson. Hon var intelligent och påläst. Och vilken humor! Ibland drog hon Monty Python-sketcher så att vi fullkomligt vek oss av skratt! De musklerna hade jag inte använt på år och dagar kändes det som. Det var utlösande och fullkomligt underbart att skratta gott.

"Jag tror jag har läst upp emot fyra tusen böcker. Böcker om allt möjligt, ett tag snurrade jag in mig på japansk arkitektur och läste allt jag kunde hitta."

"Inte undra på att jag blev journalist. Mamma läste och pappa skrev," sa Victor. "Det var ord överallt. Skriver du?"

"Ja varje dag."

"Han var tystlåten min man Nelson, men han skrev ju dagbok, hela livet. Han började skriva när han var nio och höll på tills han inte längre orkade hålla i pennan."

Jag undrade vad de gjort med Nelsons dagböcker efter hans död. Dagboksanteckningar var personliga och stundom en naken, nästan rå, gestaltning av ett dubbelliv ingen visste om. Sanningar bara skribenten själv och bläcket vittnat till. Victor svarade att de stod orörda inne i biblioteket.

"När Nelson låg väldigt sjuk med döden nära inpå bad han mig läsa högt ur sina dagböcker. Jag hade aldrig tänkt tanken att fråga", sa Mrs Hewson och log emot mig. "För alla har vi ett liv som är för oss själva. Alla har vi hemligheter som är våra egna."

"Mor, berätta för Felicia snälla. Det är en så fin historia."

Mrs Hewson tog till orda och berättade om Nelsons livlina de sista dagarna. Det var en långt gången kväll i Nelsons liv. Sluttampen var nådd och alla förstod att soluppgångarna snart var räknade. Mrs Hewson visste att det var hans sista natt. Nelson skulle snart lämna henne för evigt.

Med en ljus, tunn, knappt hörbar viskning bad Nelson sin älskade hustru att hon skulle gå in till biblioteket och hämta Dagbok 1. Den stod högst upp på hyllan, längst till vänster. Mrs Nelson fick ta pallen till hjälp. Hon darrade lite på handen när hon försiktigt drog ut den. Hon höll en liten bit av världshistorien mellan sina fingrar. Hon dammade av den med en näsduk innan hon återvände till rummet där Nelson låg helt stilla med tre stearinljus tända på bordet intill sängkanten. Så började hon läsa högt för Nelson. Hans egna ord, så som han skrivit dem för många många år sedan.

Alla de sidor. Ett helt liv i ord. Fina, långa, i skrivstil förevigade bokstäver som dechiffrerade lycka, glädje, hopp, framtidstro. Fula krumelurer som tydde på obalans i kropp och själ.

"Första gången han skrev dagbok var den 5 maj, 1934. Nelson och brodern Paul lekte i ån och Uncle Christopher lärde dem att snickra. Nelson var knappt kontaktbar mot slutet men när jag läste för honom så spreds ett lugn över hans ansikte."

Mrs Hewson visste att han skulle dö. Med Alma hade vi ingenting vetat.

Vilken död var värre för omgivningen, om det fanns en sådan makaber skala?

Han skrev mycket detaljerat om den första stora resan bredvid pappan vid ratten hela den långa vägen till Chicago och tillbaka hem igen. Om vad de hade åkt förbi och var det stannat, vad de talat om och hur det känts att fara fort fram genom Amerika.

Mot det oåterkalliga slutet blev Nelson lugnare och lugnare för var stund som lades till historien. Andetagen blev tystare och glesare. Men han höll ut, som om han väntade på något. Han dröjde sig kvar i jordelivet och Mrs Hewson fortsatte att läsa. Hon var trött. Det stack i ögonen och hon visste att Nelson var på väg att lämna henne för alltid. Det var inte många ord kvar mellan dem nu. Hon saktade ner farten, läste dem ett i taget så långsamt hon kunde i hopp om att få några fler minuter tillsammans.

Hon vände blad och kom till Nelsons sjungande beskrivning av hemmet som han skymtat när de äntligen kommit över den sista kullen, pappan vid ratten och Nelson bredvid, och med presenterna i baksätet, och om glädjen som upprymt honom vid tanken att äntligen få berätta om resans alla äventyr för sin lillebror Paul.

Mrs Hewson antydde en viskning och lade örat tätt intill hans mun.

"I am home my love. Please come visit."

* * *

Allt var tyst och stilla min sista kväll innan avfärd.

Jag höll på att packa min väska och kände tomheten i byrålådan när jag tömde den på mina tröjor. Galgarna rörde sig något tills de återfann balansen. Jag saknade redan rosendoften och rummet där jag vilat på Laura Ashley-lakan sedan första natten. Tvålen som så omtänksamt placerats inne på min toalett. Allt runtom mig från alla de länder familjen Hewson bott i och rest till. Överkastet från Indien med kuddar som färgglad konfetti från Felicity i New Delhi. Statyetterna på nattygsbordet, girafferna med sina långa halsar i bokhyllan bredvid böcker om Nelson Mandela, Martin Luther King, Jr. och Nina Simone. Vasen med färska blommor Mrs Hewson bytt ut flera gånger under min vistelse.

Jag öppnade dagboken och bläddrade tillbaka till det första jag skrivit när jag kommit fram till New York. Jag hade förväntat mig någon sorts svar på vad jag ville göra med livet. Jag lade ifrån mig dagboken och tänkte inte mer på det.

På väg mot köket för att hämta ett glas vatten såg jag en strimma ljus som fladdrade lätt och glatt genom dörrspringan in till ateljén. Jag kikade in, stearinljusen brann i buteljer i det höga fönstret så att de blev dubbelt så många i fönsterglasets återspegling. Mrs Hewson satt och tecknade, omgiven av färger hon valt att släppa in i ett före detta mörkt mörker. Hon hade inte målat ens ett kritstreck under

Nelsons sjukdomstid då hon varit rädd att gå miste om deras sista tid tillsammans. Tekoppen intill tulpanbuketten bar mörkröda läppstiftsmärken runt kanten.

Tavlorna stod staplade på golvet i en kaotisk symbios i ett rum dit solljuset hade välkomnats tillbaka efter många år utestängt. På morgonen skulle det återigen landa på skissblock och penslar i en ateljé lika levande som hemmet hennes, lika levande som Mrs Hewson, lika levande som jag.

Den första morgonen hon vaknat och Nelson inte längre fanns i hennes liv hade hon hade tagit steget över den stora tröskeln in till ateljén, tagit fatt i penseln och målat *Home*, inspirerad av deras sista ord tillsammans.

Teckningen hade färdats världen över i pärmen och kommit fram till ett levande svenskt hem i Näsby Allé som blev ett dödsbo några få dagar senare. Pärmen, med Home i en av plastfickorna, lades i säkert förvar i en ryggsäck och förflyttades från Arlanda till London Heathrow och hem till mig i Chiswick där den fick stå i bokhyllan bland mina dagböcker. Jag tror de trivdes där tillsammans. Ett halvår senare gick returresan till Arlanda. Min stora resa hade börjat. Mitt livs resa. Efter garderober och byråer på Hämma gård och i Barcelona återförenades *Home* med Mrs Hewson ett decennium efter att hon målat den.

Home hade hittat hem efter många många år på resande fot.

I den berättelsen vilade en inre hemkänsla och lugn jag ofta återvände till. Där kände jag mig hemma.

New York Maraton 1997

Varför fortsätta?

Så varför gör jag det, varför springer jag?

Det är ju ett rent helvete egentligen. Medan jag förbannar mig över de små djävlarna som bosätter sig i mitt huvud och övertygar mig att springa trots att jag tvekar så tackar jag Alma för att hon får mig ut på den här resan, en väv av guldtrådar och bananskal. Det är Alma som får mig till startlinjen. Det är inte lätt att ta sig dit, vilket lopp det än gäller.

Jag korsar Willis Bridge. Dessa broar, där kortare och kortare stegen blir i dess tröga uppförsbackar. Mer och mer tar det på lårmusklerna, det gör ont så ont.

Vad håller jag på med?

Kommer äntligen in i the Bronx, hejdå Manhattan. Madison Avenue Bridge. Ännu en bro. Mina arma lår. Och så Manhattan, Manhattan, Manhattan för dig. Så går andra låten på skivan med Diggi-Loo Diggi-Ley, alla tittar på mig. Ja, alla tittar på mig. Någonstans sitter Alma, och hon ser mig, det vet jag.

Helikoptervy.

Havanna, Kuba, november 1997

I Hemingways fotspår

För att tricksa förbi de amerikanska myndigheterna mellanlandade jag i Mexico City på väg till min nästa destination. Under mig ett hav av öar. Ett exponentiellt stärkande magpirr gjorde sig känt när jag skymtade tropikerna så som jag aldrig skådat dem tusentals meter ned under mig. Som ett barn på sin första flygresa satt jag och tittade ut genom fönstret. Allt var blått eller grönt.

Planet landade behagligt och jag steg ur på José Martí International Airport. E:t i Jose hade trillat av och ingen hade brytt sig om att hänga tillbaka det. Som en ton hängde det där osynligt i luften. Kvinnan som synade mitt pass hade svart kortkort, en *Hasta la victoria siempre* brosch på bröstet och en batong hängande på höften. Efter att hon lagt mitt visum för evigt till de kubanska handlingarna tågade jag in i landet utan minsta spår i passet.

Chevrolet-klistermärket i bakrutan på taxin korvade sig i kanten. Jag kom att tänka på sista gången Alma hämtat mig på Arlanda. Hur vi pulat in min väska bland allt annat hon glömt att ta ur och hur jag suttit där bredvid henne med den barriga picknickfilten, sett registreringsskyltarna och slagits av att jag landat i Sverige. Taxins knallgula bakgrund med

CUBA HDW 413 i fet stil gav samma effekt. Palmerna stod böjda utmed vägkanten som för att hälsa mig välkommen.

Jag var jag på väg till hotellet i Havanna som jag skulle bo på i några nätter innan avfärd mot Santiago de Cuba. Fem veckor senare hade jag en flygbiljett Havanna – Mexico City – Toronto – Tokyo – Kobe. Och sedan i slutet av januari 1998 skulle jag sätta mig på ett direktflyg från Osaka hem till London där mamma och pappa lovat hämta mig på Heathrow. Det skulle bli slutet bli slutet på den här resan.

Längtade jag hem?

Nej inte ett endaste gram. Hemma fanns minnen av Alma i allt jag gjorde, här kunde jag fly dem.

Människor gick och bar på väskor och jag undrade vad de hade med sig och vart de var på väg. De rörde sig i symbios med musik som fyllde alla vrår. Genom öppna fönster och balkongdörrar strilade rytmer som fick mina fötter att gå i nya takter och höfterna att svänga lite mer än vanligt. Gapande fasader och tomma innandömen förde tankarna till Rosanas hus på berget i Barcelona.

Jag kände mig välkommen. Ännu en plats dit jag kommit för första gången med en känsla att vi träffats förut. Ett återseende. Hotellet låg beläget i Havannas äldre delar, Habana vieja. Den lilla broschyren bredvid kassaapparaten i receptionen upplyste om att en journalist hade köpt huset på 1880-talet. Jag läste om en vas med körsbärsblom införskaffad under en resa till Fjärran Östern. Den stod i salen där frukosten serverades. Från takterrassen där jag drack en kopp kaffe i väntan på rummet såg jag havets blåa rand över som av solen blekta pastellfärgade fasader. Solen värmde mina axlar och jag slumrade till i tillvaron.

Jag hade några dagar i Havanna innan resan österut till Santiago de Cuba där Clara Santos väntade mig i sitt hem, ett så kallat casa particular där turister som inte föredrog hotell kunde bo. Jag lät mig förloras i Havannas strida ström av färg och fläkt och kulörtvätt som hängde över mig i gränder där telefonerna ringde skrällande. Jag fotade, gick på museum, rullade cigarrer, skrev, klippte och klistrade i resedagboken som var tänkt till våra gemensamma minnen.

Mina minnen nu.

Männen i staden log, deras ögon följde mig när jag vandrade gatorna fram. De sjöng, visslade, sålde solrosor, cigarrer och svartvita vykort med Che och Castro. En dag tog fotstegen mig till gatan Amistad, spanska för vänskap. Bruno hade berättat om Amistad, en liten katamaran som färdats från hamn till hamn världen över. Om all vänskap som slagit rot i hamnstäder. Han hade beskrivit så hjärtligt att jag och Alma var varandras hamn och jag hade levt i tron om att vi alltid skulle kunna förtöja vår vänskap där. Det slog mig nu att ordet alltid var en lögn. Ingenting skulle någonsin vara för alltid. Alltid hade inga garantier. Alltid var en lögn.

Min största utmaning i Havanna sköt jag framför mig till sista kvällen. I vår gemensamma resedagbok hade Alma skrivit några rader om en restaurang hon så gärna ville gå till när vi åkte till Kuba. Hon hade sett en dokumentär på SVT om restaureringsarbetet inför öppningen av La Guarida. De första gästerna hade tagits emot i juli året innan, bara några få månader innan pärmen kommit tillbaka. Några dagar senare hade Alma försvunnit för alltid. Det var hennes dröm att komma dit. Fram till att jag satte foten på första trappsteget visste jag fortfarande inte om jag skulle klara av det. Trappan upp gjorde det inte lättare. En riktig uppförsbacke.

Hur beställer man ett bord för en som borde varit ett bord för två?

Hur beter man sig när ensamheten exponeras så brutalt?

Vad gör man när man bara vill vråla ut sin sorg och släcka lampan?

Marmortrappan ledde upp motsols runt en statyett till första våningen. Färgen hade flagnat på väggarna. Jag tog ett steg i taget, vilade på varje fot. Jag ville inte riktigt komma fram. Jag ville skjuta det oundvikliga framför mig ännu några sekunder. En dam visade mig fram till bordet som stod dukat för en person med en ros i en mindre vas som pricken över stundens i. Stolen mittemot var lika tom och hård som hjärtat mitt. Var blicken än flackade så återgick den till tomheten på andra sidan. Där borde min bästa vän ha suttit och skrattat.

Hur fyller man en tystnad när man är ensam?

Hur får man tiden att gå när den stannat i ett mörker?

Hur kan man fly från sina egna tankar?

Kanske som Fatima så hittade man på historier för att fly. Jag tog fram resedagboken och började skriva. Blicken fastnade på ett fotografi på Ernest Hemingway med pipan i mun. Pennan fick fart.

Herr Hemingway, säg minns du det ståtliga Gran Hotel La Florida, beläget högt uppe på Barcelonas välmående kullar?

Det byggdes av en katalan 1923, blev till sjukhus under inbördeskriget, och sedan en hemvist för överklassen under femtiotalet.

Säg Herr Hemingway, minns du din sejour där?

Jag tyckte mig se honom nicka.

Att du och jag vistats i samma rum, vandrat på samma golv, andats under samma tak, är inte det lustigt.

Såg du teaterföreställningar där?

Hade ni maskerader?

Hängde du i baren till långt inpå småtimmarna?

Skrev du några av dina böcker där?

Jag riktade åter blicken mot fotografiet i halvprofil.

Jag ser er framför mig, när jag blundar. Jag ser en här av skribenter.

Satt ni i skymningens avsvalnade hetta på taket med en daquiri i hand och blickade ut över nattens stad?

Eller nere utanför stora ingången, mot bergen. Vad pratade ni om innan kriget bröt ut och du lämnade staden?

Skrev du där?

Ord som växte fram ur intet, till bläck på papper och sedan till böcker.

Sa han inte *sí sí señorita*, med lite brytning?

Finns det några ord till övers för mig också, tror du det Mr Hemingway?

Eller har alla ord och berättelser paxats redan?

Jag lade ifrån mig pennan och kände mig helt matt. Inom mig växte ett lugn fram där jag kände mig hemma och inte längre lika ensam. Besöket hit hade berikat mig. Jag tackade Alma för maten och betalade. En polaroidbild från Brooklyn ramlade ur resedagboken när jag reste mig upp för att gå hem i havannanatten. Victor hade kallat den En evighets sekund och sett mig så djupt i ögonen med sin Robert Redford-charm att jag knappt vetat vart jag skulle ta vägen. Och så sa han: Du har en hel värld av ord i dig. Skriv.

Jag vandrade hem i mörkret på knagglig asfalt förbi portar där musiken flödade ut obehindrat. En bil körde förbi mig, föraren tutade och vinkade. Det kändes i hjärtat att jag skulle lämna redan följande dag. Jag kände mig hel efter besöket på La Guarida. Jag satte punkt på samma ställe som jag börjat: På hotellets takterrass under den kubanska natten vars stjärnor var fulla av möjligheter om jag bara vågade sträcka mig efter dem.

Näsduken jag fått av pappa torkade mina glädjetårar. Den lilla mjuka tygbiten hade fått vara med om så mycket. Den kände mig så väl.

* * *

Solstrålar och palmer i grälla färger klängde oblygt på Aero Caribbeans flygplanskropp. Det var morgon och jag tog första steget upp mot himlen och Santiago de Cuba. På mitt boarding pass stod det 16A i skrivstil, blått bläck. Motorerna satte igång och helt enligt guideboken serverades läsk, rom och nötter.

Mannen i sätet bredvid var på väg hem efter att ha hälsat på sin sjuka syster. Jose Saroza, det var något med klangen i hans efternamn. Magkänslan tackade ja till skjutsen från flygplatsen in till staden.

"Hur kan jag betala dig?"

"Jag skulle ju åka den här vägen i alla fall. Du kan väl berätta lite om dig."

Så jag berättade. Jag var ute och reste i pärmens fotspår och skulle träffa Clara, en sömmerska i Vista Alegre i Santiago de Cuba. Alma och jag var barndomskompisar som lekte när vi var små, när vi blev äldre. Vi klättrade i träd, åkte pulka, simmade och ritade skattkartor. Jag berättade om somrarna tillsammans, om utsikten uppe på taket för att se världen från en annan vinkel. Om skogarna, sjöarna, näckrosorna, om att plocka sju blommor på midsommarafton och sova gott, drömma om den som hjärtat fått. Om hur Alma dött ett par dagar innan julafton.

Då stängde Jose av radion. Jag frågade om han kände någon i Havanna som kunde titta till och vattna mina förgätmigejblommor som snart skulle komma upp på Amistad-gatan. Han lovade att be sin svåger plocka en bukett, pressa några blommor och lägga i ett brev till mig.

"Jag åkte till New York för att hälsa på Mrs Hewson som återvänt efter många utlandsuppdrag tillsammans med Nelson som var diplomat, en stilig man som en dag kommit in på banken där hon jobbade. Kärlek uppstod och inom kort blev hon Yolanda Hewson."

Redan tre månader senare blev Nelson erbjuden sitt första diplomatuppdrag. De flyttade till Ghana och Yolanda fick Victor. Felicity kom några år senare i Kairo. Under åren blev det fler länder för familjen Hewson. Med varje ny stad nya upplevelser, nya vänner, nya uppbrott. Och till slut kom de tillbaka till New York och flyttade in i lägenheten de lämnat 45 år tidigare.

"Jag har bott på många platser jag också, sagt hejdå så många gånger. Fast jag har aldrig lämnat Kuba. Här vill jag leva och här ska jag dö."

"Dö inte Jose. Inte du också."

"Jag önskar jag kunde få åka till New York, bara en gång skulle räcka. Bara en gång. Sedan skulle jag berätta det för mina barn varje dag så länge jag lever."

Jag bläddrade fram till Clara Santos brev som hon lagt i pärmen knappt ett decennium tidigare.

Vad är tiden, om vi inte minns den?

Vad är klockslag om de endast klyver dygnet i mindre tårtbitar, utan att vi njuter av dess sötma?

Vad är tiden om den inte står som fyrtorn att se tillbaka på, så att man sedan hittar vägen framåt?

Vad är livet om vi inte samlar historier för våra barn och barnbarn?

Att spara för kommande generationer är att spara lite av sig själv för alltid.

Jose höll händerna stadigt om ratten. Svettpärlor rann i pannan. Han tittade ut genom fönstret. Han harklade sig ur den täta tystnaden.

"Jag skulle vilja visa dig en plats, ska vi säga torsdag? Jag hämtar dig klockan två. Glöm inte dina förgätmigejfrön."

Han log som första gången vi bytt blickar på rad 16. Jag tackade för skjutsen och hoppade av på Calle 5 – femte gatan – i Vista Alegre. Än en gång stod jag på mark mina fötter aldrig vidrört med ryggsäcken bredvid mig. Det var hett. En blå bil åkte förbi, den tutade i korsningen. Hibiskusblommorna levde loppan. Flickor i rödvita skoluniformer sprang över gatan. En man med gula hängslen och en cigarr i munnen sålde grönsaker på en kärra. Han sjöng Guantanamera och vandrade gatan fram.

Vart var han på väg?

De dekadenta kolonialhusens bougainvilleor hängde passionerat och frestade besökarna över murarna. Hundar skällde. Klockan hade hakat upp sig för femtio år sedan och i det dået levdes nuet. Den ståtliga järngrinden framför mig var ingången till ännu ett första möte. Under en storslagen murgröna hittade jag ringklockan som skrällde när jag tryckte till. Så som det skrällt till i Barcelona några minuter innan jag träffat Rosana Mundi för första gången.

Clara Santos Hola Felicia var så bemötande. Hon pussade mig tre gånger i luften när våra kinder möttes. Hon bar ett blommigt linne och hade ett måttband hängande runt halsen. I den fylliga urringningen skymtade en nyckel på en kedja.

Ännu ett hem, där det brokiga stengolvet i hallen svalkade mina varma fotsulor. Mina fötter bar märken av damm, sol och sandaler. Mitt rum låg direkt in till höger efter hallen, spartanskt inrett med en säng, nattygsbord och en garderob. Jungfru Maria vakade ovanför huvudkudden.

Intill en symaskin låg ett ceriserosa tygstycke som hämtat från bougainvillean utanför porten redo för en metamorfos. Saxar, ett syskrin, en nåldyna och färgglada band i en låda trängdes bredvid i standbyläge. Hundratals knappar låg utspridda på en bricka. Ett glas vatten, ett par glasögon, en gul ros i en vas.

"Här är lite saker från mig som tack", sa jag och gav Clara en flaska olivolja, tvålar med lavendeldoft, te, saffran och en hudkräm.

"Det är jag som ska tacka dig."

Clara tog mig i handen och ledde mig ut på altanen. Vi satte oss i varsin gungstol i den svala eftermiddagsskuggan.

Med varsin kopp kaffe på en bricka började vi prata. Grannar som skymtade oss genom den frodiga murgrönan stannade till och hälsade.

Livet här gick i halvtakt, fick de således dubbelt så mycket ut av dagen – och därmed livet?

Som i Barcelona, där dagen fick några bonustimmar när jalusier drogs upp och affärerna öppnades ännu en gång på den sena eftermiddagen. Som de svenska somrarnas ljusa nätter som plåster på såren för vinterns mörka plågor.

Clara presenterade mig som den förtjusande och vackra svenskan som lämnat en pärm i en park vid en restaurang i Sverige tio år tidigare. Den hade farit jorden runt flera varv och många år senare hade Clara funnit den inne på nattygsbordet i gästrummet efter att en kvinna från Indien farit vidare till Camagüey.

Jag kilade in till mig och kom tillbaka med den omtöcknade pärmen som en amerikansk *high school* student på väg till nästa lektion. Clara förde handen till munnen och började bläddra långsamt. Hon stannade till när hon kom fram till sin sida.

"Titta", viskade hon. "Där är ju jag."

Hon öppnade fliken som hållit allt i plastfickan på plats sedan 1989. Blicken vilade länge på ett svartvitt fotografi av en långklänning. *Till senator Barons fru, 1966*, stod det på baksidan.

"Och den här kjolen sydde jag till min mor Rosa García sommaren 1974. Och titta här, blusen till Señora de la Plata."

Clara växte upp bland konstnärer och musiker som ofta kommit förbi hennes hem där dörrarna alltid stått öppna. En morgon hittade hon en kvarlämnad tidning på soffbordet med en artikel om Ernest Hemingway. Clara fastnade för skjortan han hade på sig på och gav sig an att sy en likadan. Hon broderade en kvist murgröna som klängde på skjortärmen och gjorde en krusidull runt hjärtat.

Clara lade kortet med skjortan på brickan och tog ut ett vykort med räfflade kanter. Jag kände igen huset. På baksidan stod det Calle 5, 1956.

"Här sitter vi nu", sa Clara, och pekade på altanen. "Det här är det enda huset jag någonsin bott i. Här föddes jag och här kommer jag dö."

Hon vände på vykortet och satte på sig läsglasögonen. Tårarna landade på hennes solbrända arm, smyckad med ett enkelt pärlband och en konstellation födelsemärken.

Minnen, som av silkestunna garn vävda täcken värmer de oss

På natten, på morgonen

När vi inte längre finns där bredvid varandra

I kylan, i ensamheten

De sköra trådarna, som minnen hänger på

Naturligt sköra

Så lätt de försvinner, i vinden

Dessa guldtrådar, låt mig sy de stygn som förbinder då och nu

Nu och sen

Sen och då

Dig och mig

För alltid

Den tomma gungstolen rörde sig rytmiskt, långsammare och långsammare. Livet tog en paus, en sinnenas siesta. I lugnet fann jag Alma. Hon tog Claras plats bredvid mig. Jag mindes sista gången jag såg henne, morgonen den 20 december då väskan stått packad och klar vid ytterdörren där mina tofflor alltid stod i givakt. Hennes matbord, murgrönan klättrade och elljusstaken var tänd. Ute föll snön, det fryste på. De varnade för halka på radion. Vi kramade om varandra, sa ses snart.

Likt Nelson och Mrs Hewson talade vi om att resa det sista vi gjorde. Nelson hade återvänt hem efter att ha kört den långa turen med sin far och viskat I am home my love. Please come visit. Den stora skillnaden var att det stått i stjärnorna att Nelson inte skulle vakna nästa morgon. När jag och Alma pratade om vår resa innan jag stack ut och tog Roslagsbanan till Östra Station så kunde ingen veta att jag aldrig igen skulle få se henne i livet. Vi skulle invänta våren och som knoppar brista av glädje, slänga av oss vintern och ta oss ut på vårt livs resa i pärmens galanta fotspår.

Så dog hon. Paff. Borta för evigt. Jag fastnade där, levande begravd i ett vintermörker som vi planerat ta oss igenom tillsammans. Tillsammans! Inte jag ensam! Alma levde inte längre. Det var så konstigt och så innerligt svårt att förstå. Stundtals tänkte jag inte på det alls men så slog det till plötsligt och obarmhärtigt. Det gjorde ont när och var som helst. Jag önskade att jag lämnat henne i förväg, så att jag inte själv kunde bli lämnad kvar.

Varför var det jag som tvingades gå till hennes begravning?

Vi hade ju lovat varandra att aldrig dö.

Tankarna. Som en kula i ett flipperspel sköts jag vårdslöst fram och tillbaka mellan längtan och nostalgi, frustration och glädje, dåtid och framtid. Visst förstod jag att livet och att leva var det enda av betydelse. Sluta leva kunde jag göra sedan när jag var död.

Jag mindes alla gånger vi gungat tillsammans, hur vi svingats långt långt upp i luften och kittlats av solstrålarna när våra barfota fötter vidrörde rönnbärskvistarna i sommarvinden. De stunderna gav mig passage till det fina lugnet där jag kunde kampa tills andra känslor tog över och jag tvingades röra på mig för att finna ny ro på annan plats. En känslornas nomad, det hade jag blivit. Alltid på språng från mörk mark som var strösslad med osynliga minor under mina fötter. Djupt inom mig förstod jag att jag inte alltid kunde rymma från allt. Att jag borde ta itu med sorgen, sätta mig ner, och låta mörkret ta sin tid, hålla mig i sitt järngrepp tills det släppte. Det gjorde ont i hela kroppen. Ibland stannade jag till och kämpade mig igenom känslan som blev smärta som till slut svalnade och gick över. För att komma tillbaka när den kände för det.

Kanske fanns Alma ändå, på sitt eget sätt?

Och kanske skulle jag förverkliga mina drömmar ändå, på mitt eget sätt?

Så som dygnet var hälften dag hälften natt ville jag se ljuset i mina vakna timmar och låta natten ladda batterierna inför nästa dag. Som blomman för dagen. Varje dag en ny dag, en ny blomma, en ny invit – en blinkning! – till surrande bin i jakt på nektar som skulle omvandlas till honung. Blommor och bin, så återfann jag livets sötma.

Längtan efter Alma var en hortensia som sprattlade till liv när minnenas glädjetårar föll på dess vita blomblad. Utan tårarna torkade den ut. Som den skygga snödroppen sprakade Selma liv i mig på vårens morgonkvist när jag fastnat i sorgens mylla förstelnad av vinterns skare. Rosana var solrosen som vände mig mot värmen och ljuset. Mrs Hewson skänkte mig ro likt lavendeln i doftpåsarna i byrålådan. Clara var murgrönan själv som slog rot och lät sig klättra inom mig.

Och Alma, min Alma.

Förgätmigej för alltid.

Under resans gång fastnade frömjöl från hela världens flora i mina kläder, i mitt hjärta, i mina sinnen, och i min hjärnbalk. Jag sådde, vattnade och skördade i en ny lustgård där allt slog rot på nytt och ständigt fann nya sätt att växa. Tårar från glädje och från sorg spädde på torkan.

När jag vaknade till liv igen ur mitt vakna jag märkte jag att gungstolen var tom, men den rörde sig lite lite fortfarande. Långsamt långsamt. Jag hade genomlevt smärtan utan att ta till min verktygslåda som ofta fanns till hands. Min dagbok, ett par gympaskor, TV:n... Vad som helst som tog mig bort från min riktiga värld, in i en annan. Blicken som fastnat i murgrönan på grinden bröts när Clara kom tillbaka med ett skrin i famnen. Hon knäppte upp halsbandet och lät nyckeln glida av den tunna kedjan.

"Jag har aldrig öppnat det här. Jag fick det av min mamma när jag föddes, i rummet där du sover nu."

Clara satte i nyckeln och vred om. Hon tog ut ett paket virat med silvertråd som gick sönder när hon försiktigt försökte knyta upp rosetten. En ljusblå tygpåse så blyg i färgen att den var på snudd isfärgad hade länge vilat i en kokong av tidningspapper från *Rebelde, diario de la juventud Cubana* från den 26 april 1960. Inuti låg en guldspade med L.E. inristat på handtaget i ett hjärta av murgröna. En solstråle som mellanlandade på det matta guldet sköt iväg en solkatt – en slängkyss mot Claras kind.

"Min gammelmormors initialer. L.E. för Lourdes Elizalde. Nu ska jag berätta för dig om äkta kärlek."

Många år tidigare klev en spansk botaniker in på bokhandeln där Claras gammelmormor arbetade. Han trampade upp en stig till Lourdes Elizaldes hjärta som hon ofantligt många gånger skulle vandra. Gammelmormorn och spanjoren förälskade sig och träffades så ofta de kunde tills avfärden då de skulle skiljas och aldrig någonsin ses igen. När hon sagt adjö och återvänt till bokhandeln hittade hon en papperspåse på dörrhandtaget. I den låg ett brev. Clara sträckte sig efter pärmen. Hon lät fingret glida över de sista raderna.

Dessa guldtrådar, låt mig sy de stygn som förbinder då och nu. Nu och sedan. Sedan och då. Dig och mig. För alltid.

Gammelmormorn Lourdes Elizalde använde guldspaden för att plantera murgrönekvisten som stått i liten glasflaska i påsen. Clara Santos pekade mot den yviga murgrönan som klängde utmed väggen intill altanen. Deras kärlek förevigad. Tro hopp och kärlek allt i ett.

"Deras oövervinnerliga kärlek gjorde rötterna starka. Den har klarat sig genom revolutioner, invasioner, torka, regn och rusk! Snart förstod min gammelmormor att hon bar på fler frön. Hon var gravid, och fick min mormor."

Guldspaden gick i arv en generation – en kvinna – i taget. Clara blev förälskad och gifte sig med Osviel, en lovande pianist som var musiklärare i stan. De pratade ofta om ett långt och lyckligt liv tillsammans med många barn. En varm sommarnatt satt Clara i stadens konserthall och imponerades av Osviels talang vid Steinwayflygeln. När han spelade *Månskenssonaten* tog tonerna tag i henne med en utomjordisk kraft. Clara upplevde något större än kärleken själv. Under stående ovationer med blombuketter i famnen skickade Osviel en slängkyss till Clara som satt i en plyschstol på första parkett. Stunden var full av liv, så mycket studs i den kyssen! Morgonen därefter åkte han på turné och kom aldrig tillbaka.

Så länge det fanns sol, vind och regnvatten skulle murgrönan fortsätta växa men guldspaden hade Clara Santos grävt ned i glömskans mylla.

Clara Santos fick inga barn, inga döttrar.

Vem skulle hon göra med guldspaden nu?

"Så fick jag ett telefonsamtal ifrån dig i våras att du ville komma till Kuba och hälsa på. Guldspaden har fått liv igen. Jag vill att du tar emot den."

* * *

Vid tvåtiden hördes en moped och Joses glada *hola* utanför grinden. I solklänning och sandaler hoppade jag upp bakom mannen med det amorösa efternamnet Saroza. Han var klädd i kostym, väst, hatt, och nyputsade skor.

"Vi är tillbaka innan det blir mörkt. Jag och Felicia tar en tur till Basilica del Cobre."

"Santiago de Cuba på moped, vilken lycka! Kör försiktigt!"

Vad tänkte Clara mån tro när hon vinkade av oss intill sin gammelmormors murgröna?

Att jag odlade framtida frön så att guldspaden skulle få evigt liv?

Vi åkte iväg i eftermiddagsvärmen mot den lilla kyrkan som fått sitt namn från kopparn som länge brutits i trakten. Pilgrimer vallfärdade dit och påven hade varit där enligt guideboken. Vi susade fram på en krokig asfaltsväg som kantades av landsbygd och mindre byar. Håret ven i vinden. Jag höll händerna hårt om hans midja och kände ett pirr i magen som jag ville magasinera för alltid. De känslor som for runt inom mig när jag var tillsammans med Jose Saroza seglade bortom romansens hav. Det var en fridlyst kärlek som försvann om den fångades.

Kyrkans kontur gjorde sig snart känd mot de olivgröna bergen. Jose parkerade mopeden och öppnade porten som ledde in i en sval och ekande tystnad där många själar närvarade i sin mänskliga frånvaro. Jag tände tre ljus. Ett för det förgångna. Ett för nuet. Ett för framtiden. För alla goda ting är tre och livet är lika med summan.

Bakom mina slutna ögonlock gjorde sig tanken påmind att livet inte var mig givet. Det kunde ta slut när som helst och var som helst. Jag hade en fjärrkontroll och kunde välja kanaler men andra krafter höll i elnätet. Ett tillfälligt avbrott var att vänta när som helst och var som helst. Jag hade ett uppdrag som jag var skyldig Alma att uppfylla.

Är det sant Herr Hemingway att du lämnade ditt nobelpris här inne i kyrkan på femtiotalet?

I så fall är det tredje gången våra vägar möts på min resa.

I Rosanas hus på Tibidabos höjder, på La Guarida i Havanna och så här på en kyrkbänk inne i Basilica de Cobre.

Det gör mig hoppfull.

Jag vaggades in i en bomullsmjuk upprymdhet. När jag slog upp ögonen kände jag en gemensamhet med de tusentals pilgrimer som gjort sina resor hit. Allt hängde ihop från början till slut. Jag var den gemensamma faktorn i mitt liv. Tack vare mina plus och minus fanns en summa liv som var lika med jag. Här och nu.

New York Maraton 1997

Del 5 av 6

Orken kommer när orken tar slut

På Fifth Avenue, södergående, korsar jag 35 km. Asfalten är en teflonpanna. Jag steker mina muskler som bacon. Det fräser i mina blodådror. Jag springer nonstop i mer än tre och en halv timme.

Så varför får jag plötsligt en sådan energikick och ork där, södergående på femte avenyn?

Jag blir till en racerbil, med gasen i botten kör jag om hundratals människor men 40 km skylten, var är den?

Jag tappar fart och ju långsammare jag springer, ju längre tid kommer det att ta. Och om jag lägger av så kommer inte en enda människa till min räddning. Det är mig det hänger på. Allt, just nu, och ju mer jag tänker på hur tufft det är, ju mer frustrerad blir jag att 40 km skylten inte kommer. Jag får för mig att arrangörerna inte brytt sig om att sätta upp den, för den kommer ju inte. Jag är så trött att det är fullkomligt omöjligt att tänka mer långsiktigt än till nästa lyktstolpe. Nästa korsning. Nästa trafikljus. Räknar tio steg i taget. Ett två tre fyra fem sex sju åtta nio tio. Ett två tre fyra fem sex sju åtta nio tio. En gång till. Och ännu en gång. Ett två tre fyra fem sex sju åtta nio tio. Så kommer doften av höstlöv. Då är jag nära parken.

Mina förtvinande muskler får ofattbar stimulans när jag svänger in till höger i Central Park som lyser i sin höstskrud. Ljudnivån runt om mig blir högre och gatan snirklar sig fram som serpentinvägen i Barcelona då jag och Rosana kör till hennes hus på Tibidabo.

Just då ser jag den: 40 km skylten. Någonstans i denna oas kommer jag fram. Så som när Nelson ser hustaket efter den långa vägen från Chicago. Sprudlande glädje att veta att man snart är framme. Hemma på något vis, i sig själv i alla fall.

Och då är det drygt två kilometer kvar. Tio minuter under en vanlig springtur, eller en espresso, ett kort ärende till affären. Tid har vi alla, det handlar bara om hur vi vill disponera den. För några timmar sedan befann jag mig långt nedanför Manhattans sydligaste punkt. På andra sidan New York Bay, på en bro där jag skymtat skyskrapors kantiga tetrislinje i solskenet. Nu är jag inne i dess gröna lunga, jag färdas närmare och närmare stadens hjärta, i ådror jag pumpats fram i sedan jag lämnat Staten Island drygt fyra timmar tidigare.

Jag har kommit långt på vägen. Långt från starten, var starten än är, vad starten än är. Ibland är en start en omstart. Livets omstart, den 22 december då min Alma tas ifrån mig. Men jag har kommit långt på vägen. Jag förflyttas konstant, längre och längre bort från den 22 december, längre och längre bort från Staten Island och Verrazzano-Narrows Bridge västra brofäste. Närmare ett mål. Idag kommer jag att besegra mig själv och den segern kommer klappa sorgen på axeln och säga: Vill du leka med mig?

Jag förundras över hur lätt det ändå är och alla världar jag springer igenom och minnen jag får med mig på vägen.

Alla toner, lukter och dofter.

Alla känslor som far igenom mig, allt som sker under den här världsomseglingen på fot genom det stora äpplet.

Kvinnan och folkhavet.

Kvinnan som saknar sin hamn.

Alma.

Kobe, Japan, december 1997

Snart ett år utan Alma

Det hade blivit december och jag var inne på min femte månad på resande fot. Jag var här för att jag och Alma lämnat en pärm på Jontas Kiosk & Grill utmed Edsbyvägen som efter att ha färdats kors och tvärs över jordklotet hamnat i Japan. Det var ett drygt år sedan Yuzuki lade pärmen i ett vadderat kuvert och skickade iväg det västerut till Alma och mig. Det blev fortsättningen på något vars början vi glömt bort. Aldrig någonsin i vår vildaste fantasi hade vi kunnat tro att jag skulle göra den här resan allena. Det var ju så mycket som inte blev som vi tänkt där på rastplatsen.

Det märkligaste var att jag hade förlorat min reskamrat. Ensam hade jag tagit mig ut på en resa planerad för oss båda. Jag hade sovit i en våningssäng med Tilda på Hämma gård hemma hos Anton och Selma, åkt upp i bergen med Rosana i Barcelona, sprungit maraton och fotat med Victor och druckit tranbärsdricka med Mrs Hewson i New York. Jag hade flugit vidare till Kuba där jag träffat Jose Saroza på rad 16 och bott hemma hos Clara som givit mig en guldspade som gått generationer i arv i ett hus kantat av murgröna.

Snart ett år utan Alma.

Ett år, hur kunde ett år gå mig förbi?

Hur vaknade jag varje dag och stapplade mig ur sängen 365 gånger utan henne?

Varför.

Varför?

Alla de frågor som hopade sig, som jag lagt till handlingarna, arkiverat och som jag innerst inne visste att jag aldrig skulle få svar på. Ändå kom frågorna fortfarande på rullande band och till svar fanns bara gissningar. Mer och mindre avancerade sådana. Jag var trött på att tänka. Jag ville lämna in min hjärna på besiktning och pausa tänkandet under tiden. Den stora drömmen var att börja leva livet fullt ut, få tillbaka de femtio procenten som fattades mig. Så som jag levt innan allt blev som det blev.

Jag hoppades att de italienska ljusinstallationerna som sattes upp i december varje år i Kobe för att minnas offren från jordbävningen 1995 skulle färglägga min svartnade livsbild. Jag ville fylla i med färg likt ritblocken jag haft som barn. En Felicia i starka kulörer.

Kaptenen satte på *Fasten your seatbelts* skylten när vi gick ned för landning i det nattsvarta lugnet. Staden låg och sov ombäddad mellan berg och hav långt ner under mig i perfekt vy från plats 12A. Allt lyste så skarpt. Utmed det kolsvarta havet låg en bred ljusslinga som likt en dimmer tätnade i styrka över de centrala stadsdelarna och tunnade ut mot bergen. En ensam mast blinkade långt bort från staden. En vilsen eldfluga. Allt liknande en rymdstation där jag snart skulle landa med min flygande farkost och likt Neil Alden Armstrong beträda mark för första gången.

Lila orkidéer och japanska tecken mot monotona bakgrunder hälsade mig välkommen på flygplatsen. Affärsresenärerna skyndade sig med bara en portfölj i handen.

En kvinna pratade i mobilen med en hand för munnen, kanske för att skapa en egen liten vrå i det offentliga rummet?

Jag tänkte att jag borde uppdatera mamma och pappa om att jag kommit fram.

> *Hej och hälsningar från Japan. Har landat i Kobe och allt är bra. Hoppas ni får en fin dag. Här är det redan kväll och mörkt. Ringer i dagarna. Kram F.*

I väntan på bagaget gick jag till en automat och köpte en flaska vatten. Jag kände tröttheten i kroppen och golvet svajade. Jag hade flugit tretton timmar in i framtiden. Jag var onekligen jetlaggad. Jag tog några snabba steg tillbaka mot väskan som försvann iväg som en sushi på rullande band. Jag fick vänta ett varv till. Som en trogen vän hade den låtit sig bäras med. Den hade kastats in och ut ur kalla utrymmen och alltid kommit tillbaka till mig välbehållen, om än lite omtöcknad som vem som helst på resande fot. Bagageetiketten *I love New York* påminde mig om min vackre vän Victor. Clara hade broderat F ÄNG på sidan.

Jag lämnade bagagehallen mot en ny värld där den viktigaste länken stod och väntade på mig. Yuzuki Sato hade lindat in pärmen i en tygpåse, skrivit Brunos adress på ett vadderat kuvert och skickat iväg det hem till Näsby Allé. Almas och mina drömmar hade börjat gro samma natt jag hämtat paketet på ICA och bara några få dagar senare dog Alma i en trafikolycka på Valhallavägen.

"Feliiiiiiiiiciaaaaaaaaaaaaaaa!" ropade Yuzuki och snitslade sig fram mellan bagagevagnar och ställde sig mitt i vägen och kramade om mig. Det var så mycket Alma i den kramen. Som på Arlanda för ett år sedan kände jag glädjenerverna bjuda upp till dans. Fjärilslätta leenden och vi blev ett utan att passera gå. Yuzuki var en dyrgrip på spelplanen som ökade i värde varje gång tärningen slogs.

Kobe fyllde upp hela framrutan när vi nådde krönet på första bron in i till staden. Vi körde genom Port Island mot Yuzukis hem i Ojikoen. Staden kändes sofistikerad, uppklädd till fest med sin färgglada hamn och hotell i böljande former intill havskanten. På bara ett par dagar hade jag passerat Havanna, Mexico City, Toronto, Tokyo och Kobe.

Jag insåg att jag var i behov av ett liknande lugn. Otaliga intryck samsades om plats inuti mig. Jag behövde sakta ner och komma ikapp med mig själv men jag visste också att i det lugnet skulle svarta känslor lätt kunna ta över. Jag klev ur bilen ett stenkast från gågatan Suidosuji med glada frukt- och grönsakshandlare, cafén, mataffärer och secondhandaffärer som bara tog kontanter. Än en gång på en ny gata i en ny stad med min gamla trogna ryggsäck vilande mot höften.

Som ung pluggade Yuzuki på Kobe Universitet och jobbade kvällar på jazzklubben Half Time som sjöd dåtid och evighet med en mama-san i baren som välkomnade stamgäster kväll efter kväll. De kom för att ta en drink och spela sällskapsspel i en miljö som enligt ryktet använts till en filmatisering av en Haruki Murakami-bok. Yuzuki var 33 år gammal och mamma till tvillingar. Hon drev ett café som serverade kaffe och *cheesecake* till tonerna av bossanova.

Yuzuki hade rest runt och jobbat i Sydamerika efter universitetsåren. Hon träffade Reiwa i São Paulo och med en liten bebis i magen flyttade de hem till Japan hösten 1994. De bosatte sig i en lägenhet i västra Kobe inte långt ifrån Reiwas lågstadieskola. Det var en trivsam tvårummare ovanför en blomsteraffär utmed en livlig gata med fisk- och grönsakshandlare.

"Vi var lyckliga, nygifta och undrade vad livet skulle bjuda på när vi blev föräldrar. Snart fick vi reda på att jag väntade tvillingar!"

Under några ödesdigra minuter tidigt vintermorgonen den 17 januari 1995 höll de på att förlora allt. Skalvet mätte 7.3 på Richterskalan. Yuzuki och Reiwa lyckades ta sig ut och snart stod hela kvarteret i eld och lågor. Alla var hjälplösa. Det rapporterades att gaslukten känts ända ute från nattfärjorna som var på väg mot Kobe. Katastrofen var ett faktum. Stora delar av Kobe totalförstördes, motorvägar välte, fler än femtusen människor miste livet. Ensamma, panikslagna, desperata och frusna människor tvingades ut från sina raserade hus till skolor, gympasalar, kommunala utrymmen och släktingar i andra delar av landet. Inte alla som överlevde orkade fortsätta leva.

"Vi förlorade min morbror och många vänner. Och allt vi ägde, precis allt. Huset brann ner. Men vi klarade oss."

I sorgens kölvatten födde Yuzuki tvillingarna Rocko och Maya som fick sina namn efter två berg i Kobe. De skulle snart fylla tre och undrade vad det var för en konstig gäst som hade flyttat in hos dem. Jag sov i deras japanska rum med *tatami*-mattor och skjutdörr, *shoji*, i papper. Varje kväll tog jag ut min madrass ur garderoben och lade den på golvet. Jag hade en bärbar rot som jag satte ner i myllan var som helst på jorden. Jag planterade mig själv och trivdes i myllan. Växte. Blev större. Blev starkare. Men sorgen vägde fortfarande lika tungt och spred sig som ogräs.

En eftermiddag när jag gick och åt *cheesecake* med jordgubbssmak och drack cappuccino på Yuzukis café berättade jag om den knappt tvåhundra år gamla kubanska spaden som Clara Santos givit mig förtroendet att förvalta. Varje gång jag satte spaden i jorden så grävde, sådde och skördade jag guld i ett svep. Jag hade suttit på huk intill Rosanas hotell på Tibidabo och grävt en skåra där några frön än så fjärilslätt försvunnit ner i katalanska myllan. Jag hade sått förgätmigejfrön under en palm i den fläktande eftermiddagsvärmens skugga i slänten en bit ifrån Basilica del Cobre.

Jag hade smugglat in en anonym påse frön till Japan och petat ner några frön bland orkidéerna på flygplatsen när jag mellanlandade i Tokyo. Jag bad Yuzuki och några andra gäster som kommit in och slagit sig ner vid mitt bord om tips var jag kunde så några frön här i Kobe. En kvinna som hade en bokhandel ett stenkast bort berättade att kejsarinnan Michiko-sama lämnat en liten bukett pingstliljor i en park i Shinnagata när kejsarparet hedrade offren efter jordbävningen i Kobe 1995. Kejsarinnan hade avvikit från det strängt planerade protokollet och gått sin egen väg med sina blommor. Jag gjorde det till mitt uppdrag att hitta parken. Där ville jag att förgätmigej skulle gro. För allas minnen.

Pluto började skälla när jag ringde på dörren senare på kvällen. Rocko och Maya kom springande. Rocko var söt, log blygt med en baseboll i handen. Maya ville hjälpa till med all frukt jag köpt på vägen hem. Jag tog av mig skorna och följde efter henne.

"*Arigatou Maya-chan.*"

Tack.

Hon log lite blygt och drog Yuzuki i byxbenet. Hon påminde mig om Tilda med flätorna på Hämma gård, Hugo och Eulalia i Näsby Allé och Isabella i Barcelona. En liten ny generation fina människor på all världens olika platser. Tänk om alla kunde träffas! Vilken världsfamilj!

Tilda och Isabella, vilka förträffliga storasystrar. Yuzuki gjorde i ordning juice till barnen och tog fram en vacker ask med kakor från sin moster som nyligen besökt Kyoto. Hon hade mist sin man i jordbävningen och kakan jag höll i handen fick en ny betydelse. Den kom från en överlevare.

"Du får smaka min persikojuice om du vill."

Maya sprang och hämtade ett glas till mig.

"*Arigatou Maya-chan, oishi!*" sa jag.

Tack. Jättegott.

"Nu har du fått en vän för livet! Hon delar aldrig med sig av sin persikojuice!"

Med jämna mellanrum hördes det dova klanget från järnvägsövergången och tåget som sedan åkte förbi. Jag var på rätt spår. Klockan närmade sig nio när vi ätit upp middagen och satt och pratade vid köksbordet. Det var fredagskväll. Maya hade somnat på golvet. Jag tackade för ännu en fantastisk dag, duschade av mig och sjönk ner i familjens gemensamma badvatten för kvällen som värmts upp till 41 grader. Jag öppnade badrumsfönstret. Kylan smög snabbt in. Jag blundade. Jag låg i helt stilla och stängde av allt runtom mig. Det enda jag märkte från omvärlden var kylan mot ansiktet och badvattnets värme. Efter ett tag märkte jag ingenting alls. Jag slöt frid med alla tankar.

Hustaken klättrade upp mot bergen likt området där Rosanas hotell låg. Kobe och Barcelona var systerstäder. Som tvillingar som separerats vid födseln och växt upp i olika världsdelar utgav de båda samma inbjudande energi som var lätt att känna vid sig men svårt att sätta ord på. En välkomnande, varm, för evigt i minnet inristad sannolikhet att man skulle komma tillbaka.

Jag skrev länge den kvällen. Så mycket intryck, många fler än det fanns ord. Så många känslor, som inte fann bokstäver att klä ut sig i. Så mycket av så mycket. Jag var överväldigad. Jag behövde en paus.

Jag skrev om kryssaren Dream of the Seas som låg förtöjd vid Port Terminal. Hyttfönster och balkonger i långa rader kantade den nästan oändliga styrbordssidan utmed hamnen. Jag undrade hur det var att färdas från hamn till hamn på öppet vattnet. Uppe på däck stod resenärer och fotograferade Kobe.

Var kom båten ifrån och vart var den på väg?

Vilka människor hade gått i land här under årens gång och kanske lämnat skeppen för evigt?

Hur präglade det människor att bo i en hamnstad?

Vilken lust jag fick att resa utmed havsytan istället för tiotusen meter upp i luften. En färd som fick ta den tid den tog, skvalpande fram på stora oceaner fulla av tid där ingen hade bråttom. Sömnen tog mig till havs med drömmar som hade flyt. Dream of the Seas – en världsomseglingen där målet var att återfinna min borttappade kompass. Med den skulle jag navigera vågor i vardagen och ta mig igenom känslornas vågsvall så fort jag slog upp ögonen. Imorgon, den 22 december, var Almas dödsdag.

Jag vaknade tvärt av ett tidningsbud som körde förbi på moped. Jag drog på mig ett par jeans och en tröja och skrev en liten lapp att jag gått ut. Så stängde jag tyst igen dörren. En äldre man som var ute och gick med två små hundar nickade mot mig och log. Jag styrde stegen ned mot staden och sedan upp mot bergen och en liten strid fors jag sett från mitt rum och tyckt mig höra när jag öppnat fönstret. Dovt hördes en båttuta. Utan att bestämma alltför mycket fortsatte jag min bestigning motströms.

Det fanns något där uppe på berget, men vad?

Jag gick och gick. Sökte mig uppåt hela tiden. När vägen tog slut vände jag om, tappade höjd, fortsatte nedåt och testade i nästa gathörn. Jag gick och gick. Jag passerade K-märkta representationshus i stadsdelen Kitano dit många utländska diplomater och tjänstemän flyttade när Kobe öppnade sina hamnar till omvärlden på mitten av 1800-talet.

Vad gömde sig bakom de täta plankorna i det vita staketet?

Jag följde tomten och kom fram till en stor grind där en uppfart ledde mot ett grönt trähus med stora fönster som vette ned mot vattnet. Precis som jag stod där kom en äldre man med käppen som stöd stapplande nedför trappan som ledde mot grinden. Jag gissade att han var på väg att hämta tidningen.

"*Ohayo gozaimasu*", sa jag på stapplande japanska.

"*Good morning*", svarade han lika vant som en programvärd på BBC World Service.

Han öppnade grinden och tog mig i hand.

"Hej jag heter Felicia och jag var ute och promenerade och stannade till här utanför ert bedårande hus!"

"Tack! Jag heter Nishida! Jag skulle just gå min morgonpromenad och äta frukost där de har stans bästa kaffe. Vill du följa med?"

Kanske fanns det något otroligt värdefullt i det här mötet om jag bara lät mig dras med?

"Tack så mycket, så vänligt av er! Gärna, Nishida-san."

Han stängde grinden bakom sig och berättade att huset byggts för ett engelskt par som kommit till Kobe med sina tre döttrar när Japan öppnade upp sina hamnar för omvärlden på 1860-talet.

"Var kommer du från?"

"Från Sverige, men jag har många hem och jag har bott på många platser med min familj – Buenos Aires, Maputo, Stockholm, Beirut, Paris och London. Jag kom hit till Japan från Kuba för några veckor sedan. Innan dess var jag och reste i New York och Barcelona."

"Jag har också rest mycket i mina dagar. Min första resa gick härifrån Kobe," – han reste käppen och pekade ned mot hamnen – "till Brasilien. Det var för snart sjuttio år sedan."

Jag tittade ut över den sluttande staden som växt fram ned under mig. Gatorna doppade tårna i havet. Likt Barcelona låg Kobe varmt inlindad mellan berg och hav.

"Vi kommer att ha mycket att tala om. Kom så går vi in och äter frukost i värmen. De kommer bli glada att träffa dig!"

Nishida-san höll upp dörren till det anonyma cafét inne i ett K-märkt hus utmed den stilla gågatan. Jag möttes av en miljö som tagen direkt ur ett klassiskt engelskt hem med blommiga tapeter, läderfåtöljer, porträtt på väggarna och vitrinskåp fulla av porslinsfigurer. Ägarinnan log brett när vi beställde två av det gamla vanliga istället för Nishida-sans allena frukost varje morgon. Morning bestod av en tjock skiva rostat bröd skuren diagonalt – men inte från hörnen som smörgåsarna i England – ett kokt ägg och en kopp svart kaffe. Gamla människor kom in en efter en, alla ensamma.

Var det så livet skulle sluta?

På ensamhetens kvist och höst?

De hejade på varandra och satte sig på sina bestämda platser. Jag satt omgiven av hundratals år av berättelser, erfarenheter, liv, känslor, öden.

Efter frukosten hjälpte jag den gamla mannen ned för de tre trappstegen vid porten och så gick vi armkrok gatan fram tills vi svängde upp till höger på ännu en sluttande gränd upp mot bergen. Med käppen i hand tog han sig fram ett steg i taget mellan djupa andetag. Snart var vi så nära skogskanten att trädens tunga grenar kittlade hustaken.

"Nu är vi framme. Här bodde vi sista tiden innan vi flyttade till Brasilien. Den här platsen är full av minnen, kom så går vi in."

I slutet av 1800-talet utsåg den brasilianska regeringen Japan till en nyckelpartner för att utveckla kaffebranschen. Till det behövdes arbetskraft. För att förbereda människor för båtresan och livet i Brasilien byggdes flertalet nationella migrationsläger. Det avlånga femvåningshuset i betong jämte vägen utanför blev en kulturell knutpunkt då hundratusentals japaner emigrerade till Brasilien på 1920- och 1930-talet.

"Jag minns min pappas berättelser om hur han sprang ned till hamnen och vinkade av fartyget Kasato Maru på hennes första resa till Brasilien 1908. Det väckte något hos min pappa. Han ville också ge sig av."

Saknaden som stannade på land, längtan som flöt iväg.

Åren gick och när pappan var i 25-årsåldern och hade tillräckligt med besparingar var han redo att ta sin fru och son, Nishida-san, till Brasilien i hopp om ett bättre liv. Han hade siktet inställt på ett kaffeplantage.

"Jag vara bara fem år gammal men jag minns att vi bodde här med mamma och pappa och en massa andra människor. Vi fick lära oss portugisiska och så gjorde vi oss redo för det som väntade efter femtio dagar på öppet hav. Vi barn förstod nog inte allvaret – att många av oss skulle lämna Japan för evigt."

Nishida-san pekade på inramade svartvita porträtt och gruppfoton där hela familjer fångat en sekund för evigheten.

Skulle de ses igen?

Sågs dem igen?

Hur kommunicerade de efter att havet separerat dem?

Byggnaden med korridorer och trappor var utformad likt ett fartyg för att de inneboende skulle vänja sig vid stämningen till sjöss. På sätt och vis var det inte helt olikt Rosanas hotell i Barcelona. Byggnaden låg som förtöjd på en höjd med en oslagbar utsikt från takterrassen ut över staden och långt bort över vattnet. En underton av fukt nådde näsborrarna och väggarna andades historia från många själar som vandrat på dess golv och bott i dess rum, många som inte längre fanns kvar i livet.

I glasmontrar låg beresta pass som makulerats för många decennier sedan. Kartböcker, språkböcker, lexikon och historieböcker trängdes i hyllorna. På fotografier vinkade människor med vita näsdukar när Kasato Maru gjorde loss och deras kära åkte iväg. Ovissheten som väntade i Port of Santos var som bortblåst i euforin.

Var Nishida-sans pappa med på bilden?

Kanske var han den lilla pojken som höll mammas hand längst bort till vänster?

Vi satte oss ner i tystnad, den gamle mannen och jag. Min nye gamle vän Nishida-san. Han var berörd av stunden. Inne i bröstkorgen kände jag trycket från alla nya minnen som samlades om plats. Han tog till orda och beskrev hur de vaknat den sista morgonen. De bäddade sina sängar och lade in madrasserna i skåpen. Sedan tog de farväl av personalen som bugade när de lämnade byggnaden.

"Jag höll mamma i handen när vi vandrade ned mot havet. Massor av människor stod utmed gatorna och vinkade. Det var som en fest! Vi var glada och nervösa, det var en stor dag!"

Han räckte sig efter en näsduk i innerfickan på rocken och torkade några tårar som blev fler och fler. Jag undrade hur länge sedan det var han gråtit. Och när skulle nästa tillfälle ges?

"Sommaren 1929 gick vi ombord – det var första gången på ett så stort fartyg. Vi åkte från Kobe på Indiska Oceanen via Singapore, runt Godahoppsudden och på Atlanten över till Santos och São Paulo."

De utvandrade som Karl Oskar och Kristina, som mina föräldrar, som jag. Som så många människor som lämnat allt för ett bättre liv. För ett annat liv, bortom och utan alla garantier i världen. Ingen kunde med säkerhet veta hur det skulle bli.

Den gamle mannen och havet. Ernest Hemingway. Den gamle mannen och havet. Nishida-san. Jag kände vördnad. Respekt. Det fanns så mycket han sett och upplevt som jag inte hade en aning om.

Var han här för att inspirera det sista kapitlet på min resa?

För Nishida-sans föräldrar blev de få metrarna innan landgången deras sista steg i Japan. De återvände aldrig. Pappan jobbade upp sig på kaffeplantaget och tog över innan sin 35-årsdag. Tack vare avtalet mellan Japan och

Brasilien gick många leveranser till hamnen i Kobe, och på så vis var cirkeln sluten.

Nishida-san bestämde sig för att göra resan tillbaka till Kobe tillsammans med sin brasilianska fru Anabel när deras tre barn var i tonåren. För att visa dem var resan mot hans nya liv hade börjat. Utan den båtfärden hade garanterat ingenting blivit som det blev.

"Jag har alltid sagt till mina barn att hur de vill så sina egna frön, det får de välja själva. Bara de tar hand om rötterna."

Nishida-san återvände till Kobe med Anabel när han gått i pension och där levde de lyckliga i alla sina dagar tills dagarna var räknade. En kall decembermorgon gick han ut för att äta frukost och träffade mig när jag stod och beundrade hans hus. Det var Almas dödsdag. Ett år utan henne. Jag hade oroat mig så hur dagen skulle bli. Som en skänk från ovan fick min resa en helt ny vändning. Efter mötet med Nishida-san kastade jag returbiljetten till London i papperskorgen.

Kobe, februari 1998

...längtan som flöt iväg

På morgonen innan avfärd tog jag en taxi till Meriken Park och stod länge och tittade på monumentet en bit från hamnkanten. En familj — mamma, pappa, barn — var på väg mot ett nytt liv någon annanstans. Pojken i mitten pekade ut mot havet. Raka i ryggen och med finkläderna på, förstelnade för alltid i ett språng på väg in i framtiden. De förkroppsligade min egen familj alla de gånger vi tagit oss vidare. Buenos Aires — Maputo — Stockholm — Beirut — Paris — London. Mot ett bättre liv! Mot ett nytt liv!

Jag lämnade ett brev intill deras fötter och skyndade tillbaka till taxin som körde mig vidare till min slutstation. Port Terminal. Där en ny resa skulle börja.

Taxichauffören bar vita handskar och hjälpte mig upp med ryggsäcken. Jag började gå. Min blick gick balansgång på bergskanten som skiljde Kobe och himlen. Min resa med Alma — utan Alma — började leda mot sitt slut.

Nu var det en ny resa som tog vid.

Min resa.

Jag sänkte blicken och såg alla människor. Somliga skulle resa, andra skulle stanna kvar.

Saknaden som stannade på land, längtan som flöt iväg.

Jag tog några steg mot kryssningsfartyget och vände mig om en sista gång för att tacka Kobe för allt som hänt där. Jag hade fått en ny och kär vän: Nishida-san. Jag hade sjunkit ner i varma källor där hjärnans kretslopp saktat ner till en ro så lugn i sin stillhet att jag kunnat stanna i vattnet hur länge som helst.

Tillsammans med Yuzuki, Reiwa och barnen Maya och Rocko hade jag ätit *toshi koshi* soba på nyårsafton för att välkomna 1988. Japanerna trodde sedan hundratals år tillbaka att bovetenudlar bringade ett långt och friskt liv. Nudlarna var väldigt sköra. När de gick sönder försvann olycka och otur. Jag åt så mycket jag orkade!

Den 13 januari fick jag vara med om *Seijin no hi* — Japans myndighetsdag. Jag som skulle fylla tjugo dagen efter — den 14 januari då Felicia hade namnsdag! — fick äran att bära Yuzukis vackra *kimono* med ärmar som nästan släpade i marken. Jag hade aldrig känt mig så beundrad och fin.

Jag gick till templet med min nya familj, trippade fram i mina *geta* sandaler. Överallt runtom mig log och skrattade oemotståndligt vackra unga kvinnor som klätt sig i *kimono* dagen till ära.

Vi var ett stort vi. Vi var ett vi tillsammans. Vi var inte längre barn. Nu skulle vi ta över världen! Den var vår och den var vacker. Den var oändlig och gränslös. Framför allt var den vår att fånga och göra det vi önskade med den.

Den 17 januari stod jag tillsammans med Yuzukis moster och hedrade hennes man som dog i jordbävningen tre år tidigare. Tusentals människor hade samlats. Ljusen brann för dem vars liv släckts.

I Sugaharasuisen parken, där kejsarinnan Michiko-sama lämnat en bukett pingstliljor, skulle förhoppningsvis lite förgätmigej blomma till våren. För alla dem vi inte fick glömma.

Mina sista dagar i Kobe och Japan var kantade av livets många skeenden och öden. Dåtiden, nutiden, framtiden. Det var från nuet jag nu skulle ta mig ombord mot ett nytt och framtida jag. Jag hade åkt från Leksand till Barcelona, över Atlanten till New York och flugit från Havanna till Santiago de Cuba för att komma hit till Kobe. Vännerna jag träffat på vägen var många och minnena ännu fler.

Jag stod en bit bort från vattnet och tänkte på båten Amistad som Bruno berättat om. Boken som handlade om all vänskap som slagit rot i hamnstäder världen över.

I den rörliga massan med människor som alla var på väg någonstans såg jag ett välbekant ansikte. Nishida-san stod och lutade sig mot käppen. Han hade en vit näsduk i andra handen. Med sökande blick skannade han folkhavet och log mot mig när våra ögon möttes. Han hade promenerat ända ned till havet för att säga adjö. All vänskap som slagit rot i hamnstäder...

Jag sprang emot honom. Tårarna rann utmed våra kinder. Jag försökte gång på gång att få ur mig några ädla ord av oändlig tacksamhet men orden stakade sig. Bakom mig hörde jag en visselpipa — det var dags att gå ombord nu. Jag tog sats, jag tog ett djupt andetag.

"Tack för att du bjöd mig på frukost när jag sa god morgon utanför din grind. Du kommer för alltid ha en plats djupt inne i mitt stora hjärta."

Orden stakade sig i halsen.

"Jag är dig evigt tacksam. Nu ska jag åka iväg och så mina egna frön".

"Det gör du helt rätt i Felicia. Ta hand om rötterna för det kommer bära frukt."

Jag gick ombord för att ta mig hem via hav och land, en hemresa vars frön så småningom skulle förvandlas till grönskande bokstäver och ord. Livets meningar.

New York Maraton 1997

Del 6 av 6

Så lite kvar nu

800 meters to go.

Två varv runt en friidrottsarena. Ingenting. Nu är det nästan slut, mitt livs första maraton. New York maraton. Nu är jag snart framme.

Vid Columbus Circle vet jag att målet är nära.

400 meters to go.

Att jag kommit så långt, hur hade det gått till?

Ett steg i taget har jag färdats ända hit. Från Almas grav till målet i Central Park. Från slutet till början, början på något nytt. Jag tar av mig kepsen och känner leendet smyga fram när jag plötsligt ser målet.

Finish.

Det bara infinner sig där, rakt framför mig. Efter flera timmars väntande kommer det alldeles för fort. Jag får ångest, som om det hela har varit för lätt, inte svårt nog.

Det här kan väl vem som helst göra?

Jag vill inte komma fram.

Jag vill ha kvar den där känslan att vara nära men ändå inte riktigt vara där än.

Jag tar steget över mållinjen med armarna upp i luften.

Ett glädjeskrik skär igenom himmelen.

Jag väcker varenda ängel som sover.

Jag skrattar högt och gråter.

Jag klarar av det omöjliga och i just den stunden finns bara nuet.

Här och nu är allt levande.

Alltid, för alltid.

Stockholm, april 2008

Nuet försvinner bakom oss

Tolv år hade gått sedan Alma lämnade oss. Jag hade hunnit blir trettio år gammal och stod på Stockholms Centralstation med en eftersmak av frimärke.

Vad var det jag höll på med egentligen?

Jag hade lämnat ett röstmeddelande på en telefonsvarare och dragit. Brudbuketten skulle snart komma upp i blomlådan. Alla inbjudningskorten till bröllopet låg i handväskan.

Tåget skulle avgå 10.06. Jag köpte en enkelresa. Sedan kilade jag till Pressbyrån och köpte en banan, apelsinjuice, en bulle och en pocket. Lokföraren lät vänlig när han tipsade om nybryggt kaffe i bistron och på vilken sida i tågets färdriktning dörrarna skulle öppnas på nästa station. Sverige susade förbi i ilfart. Flera gånger stoppade jag in den nyinköpta boken i fickan i stolsryggen och vandrade genom hela tåget. Genom fönstret i sista vagnen märktes det så tydligt när nuet försvann bakom oss. Som på rullande band körde vi in i framtiden.

Selma välkomnade mig med öppna armar på tågstationen i Leksand.

"Jag satte på värmen inne i gamla bagarstugan, jag tror det är bäst att du bor där inne så att du får lugn och ro."

"Tack det blir helt perfekt. Tack… tack."

Resan hade gått via Uppsala, Sala, Avesta-Krylbo, Hedemora, Säter, Borlänge, Djurås, Gagnef och Insjön. Sista gången jag åkt samma sträcka, fast andra hållet, var sommaren 1997. Tilda hade gråtit i min famn och inte förrän i Säter hade tårarna torkat på min klänningsärm. Tolv år hade gått. Jag var trettio år gammal och hade återvänt till Hämma gård.

Jag gick in till mig lite trött efter tågresan och packade ur väskan. Samma väska som vallfärdat med mig elva år tidigare. Till Hämma gård, Barcelona, New York, Santiago de Cuba, Kobe, och så hela vägen hem via hav och hamnar, gatukorsningar, tågstationer och busshållplatser tillbaka hem till London. Elva år kändes som ett ögonblick och en livstid.

Med mig från Stockholm hade jag en låda med många minnen som legat i tryggt förvar i många år. Snart låg allt utspritt på det stora bordet som en gång i tiden använts till att baka bröd. Den rosa lådan som Alma köpt på bakluckeloppisen för drygt tjugo år sedan, alla mina brev, vykort, teckningar och sketcher, lösa fotografier, anteckningar, tidningsurklipp, tågbiljetter, dagböcker, ritblock, kartor, och fotoalbum.

Jag började med att sortera allt i ungefärlig kronologisk ordning. Bara det tog ett par dagar för orken försvann tidigt om kvällarna och ibland fastnade jag inne hos Selma och

Anton länge efter kvällsmaten med en tekopp i hand. Det fanns så mycket att prata om. Världen och allt den rymde var så ofantligt stor i sin storhet.

Framför mig låg pärmen uppslagen. I den genomskinliga plastfickan låg brevet jag skrev till Alma när jag var tio år gammal. Det kom fram åtta år senare i försändelsen från Yuzuki i Kobe, några dagar innan min första julafton utan Alma i livet.

I andra plastfickan låg två brev, ett från mig till Alma och ett från Alma till mig. *Felicia: Öppna efter att jag är död* stod det i stora fast små bokstäver, skrivna med en röd spritpenna. På baksidan hade Alma skrivit sitt namn och satt på ett klistermärke.

"Oj det var klara besked", skrattade jag. "Tack och lov lever du fortfarande så jag behöver inte öppna det idag, puh!"

"Hur vill du göra med ditt brev? Ska jag läsa det?"

"Men då vill jag att du väntar med mitt också… tills rätt tid är kommen!"

Den rätta tiden kom aldrig. Det blev inte alls som vi tänkt. Ingenting blev som vi tänkt. Alma dog i en trafikolycka några dagar senare. Det som varit ett vi blev ett jag. Jag tvingades till ett helt nytt beteende och förhållningssätt till mina drömmar. Det var inte längre vi, för vi fanns inte. Det var jag. När resan blev av sommaren sex månader efter hennes död var det jag som hoppade på ett flygplan. Det var jag som fick representera oss. Det var jag som fick leva – och uppleva! – den dröm som varit vår.

Selma, Rosana, Mrs Hewson, Clara och Yuzuki hade tagit emot mig i sina hem med öppna hjärtan. Jag hade hållit kontakten med alla under åren som gått. Rosana hade lämnat storstan och lägenheten på Plaça de Santa Maria 4 för en konstnärsenklav som vuxit fram i Òdena en timma utanför Barcelona. Hennes mamma bodde där och Isabella hade alltid älskat att tillbringa all ledig tid där så miljöombytet gick smidigt.

Rosana höll på att restaurera en gård utmed en öde grusväg tio minuter från motorvägen. Mrs Hewson skulle fylla 92 till hösten och var trots en höftoperation vid gott mod. Det skulle bli fest med mer konfetti än någonsin. Och hon hade träffat en karl! Hon var nykär och lyckligare än någonsin!

Clara bodde kvar på Calle 5 i Vista Alegre där hon fortsatte att ta emot utländska gäster i sitt hem. Hon hade startat en syateljé med bästisen Lara och njöt av att möta kunder som ville ha skräddarsydda kostymer och klänningar. Självklart var det Clara & Lara som skulle sy min brudklänning.

Jag hade träffat Yuzuki, Reiwa, Rocko och Maya i Paris när de reste runt i Europa för tre år sedan. Barnen hade blivit tonåringar!

Selma hade kommit till min räddning idag på morgonen när hon svarat i telefon och sagt självklart, det är bara att komma hit. Jag hämtar dig på stationen. Vänner för livet allihopa, tack var en pärm som jag och Alma lämnat på Jontas Kiosk & Grill utmed Edsbyvägen i Hälsingland sommaren innan jag skulle börja mellanstadiet i Paris.

Inbjudningskorten till vårt bröllop med poststämpel Leksand 26 april 2008 var på väg till förväntansfulla brevlådor. Vi skulle gifta oss. Brudbuketten grodde i myllan på balkongen hemma i vår lägenhet på Åsögatan och i Santiago de Cuba låg ett vitt tygstycke redo för en metamorfos.

Fåglarna lekte. En fluga surrade. Jag gick ut och tog lite luft ute på bron. Skakade till lite i den uppfriskande vårluften. Jag kände att jag levde. Jag såg upp mot himlen. När jag vände in i köket kände jag Alma på min axel.

Redan som liten hade jag haft en dröm. Redan som liten hade jag vetat vem jag ville tillägna drömmen. Den hade blivit ett löfte som jag satte på pränt med farfars gamla skrivmaskin och lade i ett kuvert med Almas namn skrivet i min finaste skrivstil. Jag var tio år gammal då och brevet åkte jorden runt i en pärm som vi lämnat på en korvkiosk.

Jag öppnade mitt brev till Alma när jag besökte lägenheten i Näsby Allé efter hennes död. Det hade känts så fel, nästan olagligt att öppna ett brev adresserat till en annan människa. Men i hopp om livet hade jag hoppats att brevet skulle rymma just det – hopp om livet. Sedan den ödesdigra decemberdagen 1996 hade jag läst det hur många gånger som helst. Alltid med lite ångest. Men något drev på mig. Jag hade sparat det, i hopp om att hjälparna en vacker dag skulle besöka mig.

I morse kom de i en marscherande här med pukor och trumpeter bäst jag stod där barfota i nattlinnet, tröttare än vanligt. Det luktade kaffe från köket.

Det var korsdraget av en tanke som flimrade förbi. En tanke som återbesökt mig otaligt många gånger tidigare, men idag som en rak höger, rakt in i hjärtat. Det var både befriande och gjorde fruktansvärt ont och jag förstod att det var nu eller aldrig. Och att aldrig inte fanns. Jag hade förlorat på knockout. Inga fler ronder. Tolv år hade gått…

Jag lät fingrarna vila på tangentbordet. Asdf jklö.

Tummarna på mellanslaget.

Ett djupt andetag.

Stor bokstav F elicia mellanslag stor bokstav F anny mellanslag stor bokstav Ä ng.

Ny paragraf.

Till Alma.

Jag började skriva på första kapitlet.

Det var tisdag och det luktade kaffe. Jag var tröttare än vanligt. Helt utan ork, utpumpad. Inbjudningskorten låg i en stor hög på köksbordet. Vi hade suttit hela natten och skrivit adresser. Våra fingertoppar var guldfärgade efter att ha stämplat Wedding uppe i hörnen på kuverten. Med ett vattenglas i hand hade en morgonkyss blivit det sista vi gjorde. Ett möte hade kallat och snart stod jag där ensam i

nattlinnet och tittade på högen med brev och orden som
hängde kvar i luften.

I gamla bagarstugan på Hämma gård sådde jag äntligen mina egna förgätmigejfrön. Allt som legat och grott så länge fick äntligen sin plats på jorden, i orden. Mina ord och meningar, blåa av naturen gjorda små Post-it lappar.

Tre månader senare

Inne i bagarstugan på Hämma gård

Älskade Valentina,

Hur mår du, och hur mår vår brudbukett, blommar den?

Nu har jag skrivit klart mitt manus. Låter "Förgätmigej för alltid" som något man vill läsa? Det har varit svårt, och roligt. Jag har skrattat och gråtit floder. Det finns så många minnen att ta av och så många bokstäver och ord att välja mellan efter varje mellanslag. Det är oändligt! Till slut får man bara bestämma sig! Jag har gjort mitt bästa och jag är nöjd.

Det vore kul om man kunde få en påse förgätmigejfrön på köpet! Kanske jag kan sälja den på Weibulls!

Men en hemlighet behöll jag för mig själv. Hur du och jag träffades. Det tänkte jag vi berättar för bebisen innan alla andra får veta! Det rör sig inne i magen, speciellt när jag lägger mig ner och vilar. Jag känner på mig att det är en flicka, vad tror du? Har du tänkt på några namn?

Hur många kommer till bröllopet? Har vi fått många svar?

Jag längtar efter dig jättemycket. Jag har aldrig längtat som nu. Jag kommer hem på torsdag.

Puss jag kommer alltid att älska dig, vad som än händer. Och tack för att du lät mig göra det här. Jag är dig evigt tacksam.

Din Felicia för alltid

Jag tryckte på Skicka och gick ut och letade snödroppar. Jag kände mig nöjd med livet. Ett nytt mejl väntade efter middagen. Det var från Valentina.

Hej Felicia,

Brudbuketten blommar.

Det kommer massor med gäster till bröllopet!

Nu ses vi äntligen snart.

Just det... storyn om hur vi träffades! Det är länge sedan jag tänkte på den där bilsemestern hela familjen för en massa år sedan. Min lillebror blev kissnödig och vi stannade till på Jontas Kiosk & Grill. Och där låg din pärm och väntade på mig...

TACK

Ni är många som har hjälpt mig på vägen med den här boken. Min första bok. En dag vill jag tacka er personligen, över en kopp kaffe.

Camilla Olsson: I owe you lyxfika. Tack för att du läste manuset.

Tomoko Hirasawa: Så roligt att knyta band med en designer i Tokyo som varit i Mora. Omslaget är så fint och så jag.

Chris Wirszyla och David Magaña

Många goda vänner med många goda råd.

Mina systrar, Agnes Åsell och Charlotta Åsell

Mamma och pappa

Melvin, Bianca, Vincent

Kazu: Tack för... ALLT.

Tusen tack för att du läste min bok!

Förgätmigej för alltid kom ut på engelska oktober 2020.
Engelska titeln är Forget-me-not Forever.

Skriv gärna en rad! Jag lovar att höra av mig.

Ni finner mig på Instagram:

@vanessaaselltsuruga

Besök gärna min hemsida

vanessaaselltsuruga.com

Printed in Great Britain
by Amazon

56938117R00111